丸戸史明＝著
深崎暮人＝插畫
不起眼
女主角
培育法
6
U0045620

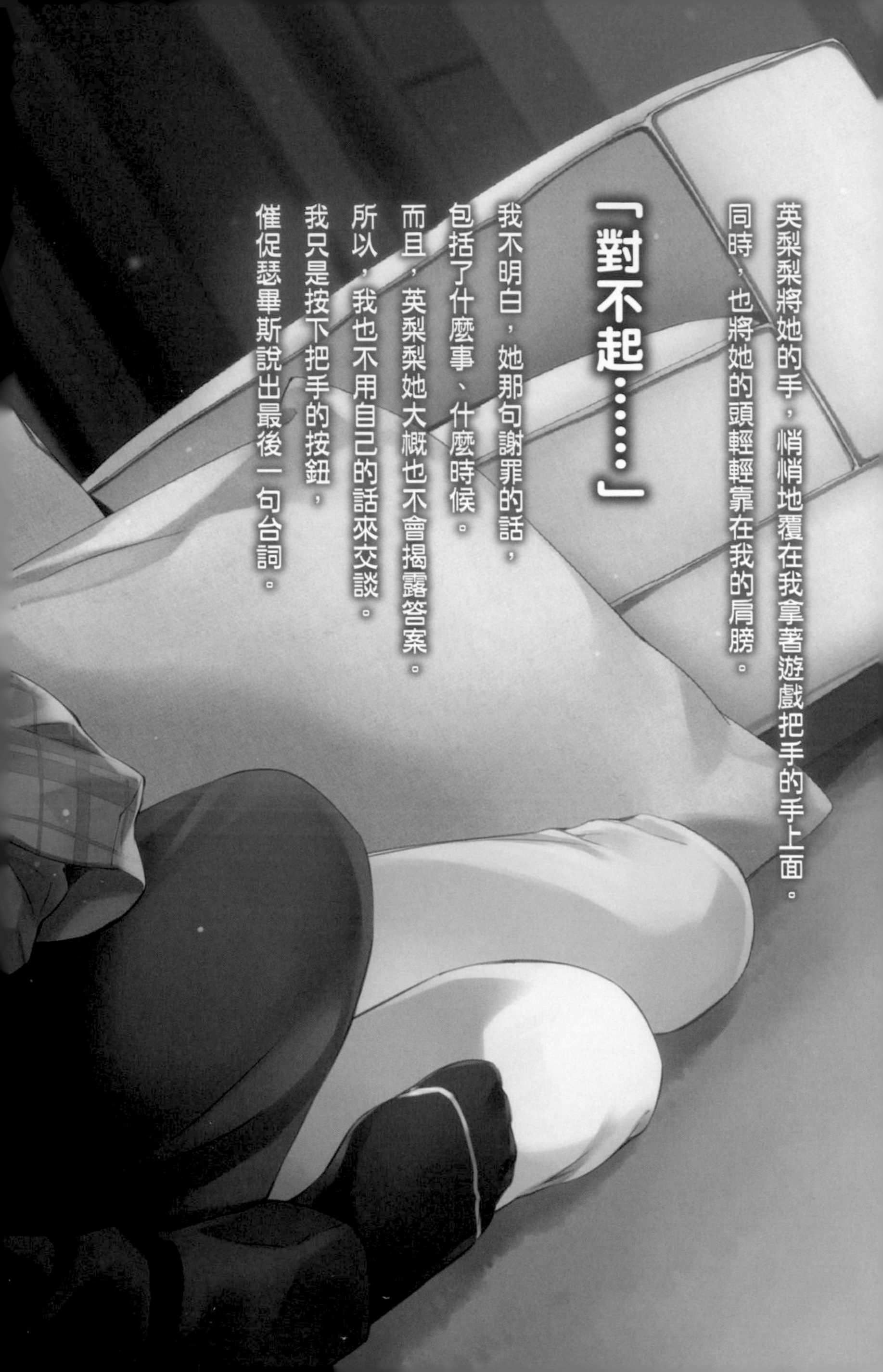

英梨梨將她的手，悄悄地覆在我拿著遊戲把手的手上面。

同時，也將她的頭輕輕靠在我的肩膀。

「對不起……」

我不明白，她那句謝罪的話，

包括了什麼事、什麼時候。

而且，英梨梨她大概也不會揭露答案。

所以，我也不用自己的話來交談。

我只是按下把手的按鈕，

催促瑟畢斯說出最後一句台詞。

丸戸史明

插畫／深崎暮人

Kadokawa Fantastic Novels

彩頁／內文插畫：深崎暮人

blessing software

成員名冊

原畫、CG上色

劇本

企畫、製作人、總監

音樂

第一女主角

序章

十二月上旬，放學後照進視聽教室的夕陽擯落了熱度，注入的盡是寒光。

「不對。那邊不能那樣喔，倫理同學。」

「咦？」

……話雖如此，沉浸在那般冰冷空氣的教室一角，卻有飽含熱度的話語和氣息交錯。

「即使你那麼性急地索求，也只會讓女生害怕而已……步調慢一點，要花下足夠的時間，讓她為你心蕩神馳。」

「可、可是……場面撐不下去耶。」

「不要緊，照我說的試試看。」

「唔，好……不好意思，詩羽學姊。原本這明明是非得由我來做才可以的。」

如此這般，連細語間都近得要將熱度傳來臉上且注視著我的，是留著烏豔長髮的那位美女。

從沉鬱面容探出的冰冷舌鋒。

忽而轉為從女神面容吐露的慈愛福音。

忽而轉為從刁女面容道出的沉重啞謎。

臉孔實在太多樣，這陣子已經讓我窮於招架的不協調美女。

她就是在輕小說業界以才華洋溢年輕女作家身分聚人耳目的霞詩子，亦即霞之丘詩羽學姊。

「沒關係，畢竟倫理同學，你是第一次對吧……？」

「那、那個嘛……也對啦。」

而且從剛才開始，詩羽學姊那魅力十足的嗓音、話語及態度，好像已經讓我全身的血液都聚到了臉上，連耳垂都怦通怦通地搏動著。

如此這般，唯有現在簡直像個後宮男主角，反應卻又青澀得徹底像是被動型處男的我，名叫安藝倫也。

將本身的三次元生命獻給二次元內容的我，心迷於螢幕或者投影機放出來的虛擬美少女，到最後便打算親手創造終極的虛構女主角，成立了同人遊戲社團「blessing software」，即使說得含蓄點仍是個無可救藥的御宅族。

「不過即使表面上裝得從容，其實我也和你一樣是第一次喔。」

「學、學姊也是？」

「怎麼？難不成你在懷疑？」

「沒、沒有，沒那回事……」

沒錯，我是被二次元勾了魂的男人。

「……要開始囉。」

「……嗯。」

……所以我不可能會被三次元發生的劇情事件迷住喔？

大概。一定是的。

「那麼，首先呢……你試著輕輕地摸一摸頭髮吧？」

「這、這樣嗎？」

「不必那麼用力。會讓頭髮微微搖曳就夠了。」

「感覺像這樣……對嗎？」

即使如此，我仍順著詩羽學姊的引導，讓她的秀髮微微搖曳。

於是，她明明只是被碰到頭髮而已，全身卻吃驚似的抖動了一下。

「對，沒錯……那樣子女生就會放心，表情也會慢慢變得柔和。」

「表情……變得柔和。」

的確，直到剛才都紅著臉且略顯緊張的她，現在眼角和嘴角都已經放鬆，換上了一副心滿意足的臉。

「同時，你還得說出讓女生放心的台詞，這也要慢慢地、像說悄悄話那樣。」

所以，隨著勇氣提振了一些些，我放出略偏「進攻」性質的台詞。

『雖然看起來也很漂亮，不過這麼一摸，妳的頭髮真是超乎想像呢。』

『聽完你的形容，我完全沒有被稱讚的感覺耶。』

『呃，抱歉。我是指滑順得超乎想像，應該說，手感或舒服度超乎想像。』

『嗯～還是有點微妙……吧？』

從她的語句和口吻，流露了先前看不見的喜悅，以及戲弄人的成分。

如詩羽學姊所說，那些話語，好像確實讓她安了心。

既然如此，我又試著更進一步。

『我可不可以多摸一會兒？』

『你問的，只有頭髮嗎？』

『咦……』

然而我卻沒想到對方同時也跨了一步……

猛然一看，她在不知不覺中已經閉上眼睛了。

那表示她安心過頭所以睡著了……事情當然不會是這樣。

「來吧，倫理同學，接下來全看你怎麼決斷了喔。」

「學、學姊……」

「眼前有個閉上眼睛的女生，嘴唇嫣紅潤澤，就等待著男生鼓起那一絲勇氣。來吧。」

而且猛然一看，除了她「以外」還有另一個閉上眼睛的女性。

烏黑長髮流瀉在桌面，與我之間貼到只剩幾公分距離。

「來吧！」

「詩、詩羽學姊……？」

詩羽學姊的氣息撲面而來，當她用來呼氣的部位也即將拉近到可以觸及的距離時……

「閉嘴啦～～～～！」

彷彿於拉滿弓弦後放出的銳利音箭，從旁射穿了我的耳膜。

「我、我的耳、耳朵……！」

瞬時間，我體內的所有儀表似乎都失靈了，三半規管正「匡啷啷」地搖晃著。

……明明這一邊同樣近得可以感受到吐息吹在耳邊的熱度，為什麼效果會差這麼多？

「你們兩個在做什麼～～！」

如此這般，在這年頭罕見地用樣板化的傲嬌外表，將樣板化傲嬌言行重現出來的，是個感覺幾近虛構的金髮雙馬尾日英混血美少女。

從火爆態度表露的口舌刁難。

忽而轉為從窩囊反應散發的敗犬嗟嘆。

忽而轉為淚眼仰望下魅力難擋的撒嬌嗓音。

雖然她有許多種臉孔，不過每一張都會在剝去表面後就本性畢露，要出手拆穿反而讓人過意不去，屬於縱有落差也枉然的美少女。

她就是在同人界精於順應潮流，身為牆際社團作家且坐擁傲人本子銷售量的柏木英理，亦即澤村．史賓瑟．英梨梨。

「當別人拚死趕稿的時候，你們居然在旁邊調情，還講得沒完沒了沒完沒了沒完沒了沒完沒了沒完沒了～～！」

如果只聽我剛才和詩羽學姊的對話內容，倒不是不能理解英梨梨為何要秀一手發飆絕活……我是指生氣。

之前那兩個角色的互動，從頭到尾確實都甜蜜得就算被旁觀者喊著「炸掉吧」而引爆也怨不

得人，這我有自覺。

不過那些其實是……

「到了今天的今天，妳似乎還是陷在意義不明的妄想而看不見周圍呢，澤村。難道妳以為，我和倫理同學會待在妳旁邊，一有機會就相互確認對彼此的愛嗎？」

「霞、霞……霞之丘詩羽！」

「我們只是針對遊戲最後一幕的演出方式在進行激烈討論罷了，妳可真會妄想呢，原畫家小姐。」

對！就是那樣！

我和詩羽學姊確實是隔了一張桌子，距離十分靠近地坐著面對面互望。

但是桌面還擺了攤開的筆記型電腦，而且在螢幕上，我們製作出的電玩遊戲女主角叶巡璃，正在和身為主角的安曇誠司打情罵俏，場景出現得十分湊巧……我是指不巧。

換句話說，我們只是忙著替一個月後要趕在冬COMI推出的遊戲做最終調校，這在輕小說算常見的煽情烏龍劇情事件，真相大白後難免讓人覺得無力。

然而……

「妳剛才閉了眼睛對不對！我看妳是一有機會就要假戲真做吧！」

「……妳在說什麼呢？我不懂意思耶。」

……嗯，沒錯。

若要問在此瞬間，詩羽學姊那不知道認真到什麼地步的色誘梗有沒有釣到人，我也無法明確予以否認……

「我只是想讓劇情中最後這一段無憂無慮，而且由衷幸福快樂的場景，盡可能地將品質提昇到盡善盡美，才會跟倫理同學付出這麼多努力。有的人就是膚淺得只能從表面解讀那種心靈上的崇高聯繫，我實在無法認同其思維呢。」

「那妳幹嘛把自己的腿鑽到男人的兩腿之間！」

「啊！什麼時候鑽進來的！」

難怪我從剛才就覺得小腿肚一帶怪溫暖的……

「妳想嘛，不是有句話叫『促膝長談』嗎？」

「妳又沒有促膝，而是整個往裡頭鑽！根本都插進去了嘛！」

「唔……咦～～」

不愧是情色同人作家，關於那方面的妄想無人能比肩。

「基本上演出是由倫也來操刀，妳只負責劇本吧。況且妳今天也不用特地到社團露臉出意見啊。畢竟推薦的大學都敲定了，妳明明連學校都可以不用來！」

「要我說幾次妳才懂呢，澤村？我只是為了讓我們社團的作品更盡善盡美……」

「妳看起來只像個職責結束又不肯承認自己被男人甩掉，明明沒人拜託卻還管東管西拚命想靠著多費心來維繫關係的悲情女耶。」

「…………有關那部分我們要不要換個地方談？我想想，就到廁所後面或樓頂上怎麼樣？」

……呃～由此可知，憑我之力已經無法收拾這個場面了，請容我用社團到目前為止的進度總結來帶過這一段。

在上個月底（第五集結束時），我們創作的同人遊戲終於將劇本殺青，堂堂邁入母片壓製前的最後階段。

目前音樂及演出都進行順利，依狀況來看，兩邊應該都能在下星期就有著落。

因此，我所負責的程式碼乃至演出方面的呈現，才能像這樣為了提昇品質而延期……我是指來到細部調校的階段。

不過……

「話說回來了，澤村，明明只有妳的原畫進度延宕又延宕，難道妳還有空特地對別人的感情事置喙嗎？」

在看似順遂無比的進度中，只要有一項不穩定要素存在……

不，假如那唯一的不穩定要素，足以造成讓其他亮點徹底被蓋過的陰霾，狀況究竟會變得如何呢？

……要問是哪一層因素嗎？

「我的進度慢還不是你們劇本遲交害的！而且劇情線還突然增加，多了整整五張原畫耶！」

「萬分抱歉！」

於是，當下我身為不安要素的起因，只好用時下流行的跪地嗑頭來向趕稿中的英梨梨賠罪。

畢竟說出要追加劇情線就真的加了內容上去，還額外指定要多五張原畫的，毋庸置疑就是擔任總監兼製作人的我。

「結果結果……你卻一點都不了解我不惜犧牲睡眠也想努力將你落後至今的進度搶救回來有多麼辛苦，還被霞之丘詩羽迷得暈頭轉向……你根本毫無準備就在今年突然說要做遊戲，又硬逼我奉陪那種愚蠢的計畫，況且我們七年間幾乎都是斷絕往來的，你卻只在顧及自己方便的時候來求我，再說當年我們會鬧翻，追根究柢還不是因為你……喂，總該阻止我繼續說下去了吧！」

「啊～～嗯，抱歉。」

英梨梨總算發覺自己講的內容開始變得妖精打架……呃，我是指捶心捶肺，才用自助式吐槽來迴避之後可能會引發的不和諧。

說到這裡我才發現，今天的社團活動和平時有微妙差別耶。

坦白講，眼前這兩個人平時也會把氣氛搞砸，不過鬧來鬧去還是有辦法盡快生出收尾的笑點以絕後患。

對喔，我明白了。

今天就是缺了收尾的笑點……沒有啦，我是指那傢伙不在。

「欸，我說加藤怎麼到現在還……」

「對不起，我來晚了。」

於是，當我總算注意到對方的存在，應該說，當我總算發現對方「不在」時，視聽教室的門隨即被打開……

一如往常被遺忘的她，在異於往常的情況下露臉了。

「話說天氣變冷了耶～～這種時候到外面還真難受。」

「對、對啊。」

對方呼出的白氣遠遠看去也能感受到寒意。完全不靠近我們，看都不看這裡就隨便挑了位子坐下來的，正是每次都被我用印象薄弱梗來加深印象的那個人。

從淡定表情顯現的淡定言行；從淡定表情吐出的微嗆挖苦詞；從淡定表情表露的些許貼心。

「那我今天做什麼好呢？程式除錯的進度到哪裡了？」

「呃，那個……還算順利啦。」

只有一張臉孔——讓人印象薄弱的臉孔，因此才激起了我想令其在二次元發光發熱的慾望，卻依舊普普通通的美少女。

她在我們的遊戲裡，身兼第一女主角叶巡璃和病嬌女主角丙瑠璃。

然而到了現實生活中，她單純是我的同學，亦即在班上造成不了多大話題的空氣女主角——加藤惠。

「……怎麼了嗎？」

「沒、沒事……」

……理應是如此。

然而加藤那張平時好比氮氣的臉，在今天，卻被所有人懷著一股難以拿捏距離感的微妙情緒盯住不放。

不對，與其說「今天」，其實我們這幾天一直都是這種調調。

畢竟和以往最大的差異，在於她的髮型。

春天初次見面時的鮑伯短髮。

於夏天忽然轉型的短馬尾。

單純留長到秋天的馬尾。

在以往，明明她的髮型變來變去，身上散發的氣質卻仍然淡定得數十年如一日。

可是到了現在……

「奇怪，為什麼你們的手都停下來了？離母片壓製不到幾天了吧？」

「是、是啊，妳說得沒錯……」

「唔……嗯，對不起，惠。」

「…………」

加藤提醒眾人的舉止跟平時看起來有微妙差異，大概就是因為她每次轉頭時，那頭烏亮長髮都會主張其存在的關係吧。

第一次在後夜祭看到時，我沒有像平常那樣做出「屬性會跟詩羽學姊重覆啦！」或者「啊，不過妳有削齊的前髮做區別，勉強ＯＫ吧？」諸如此類的評語，就導致了現在這種心裡有疙瘩的狀況。

「既然妳們到齊了，來開個會吧？」

唉，一直搬弄這些像是後宮完全被動型處男主角會講的詞也沒用，就在我打算一如往常地將事情淡定帶過去的時候……

「……發生過什麼狀況對吧？加藤學妹。」

「咦……？」

「詩羽學姊？」

不知道對方明不明白我帶開話題的用意，突然打亂現場的發言，是來自意想不到的方向。

「妳來到這裡以後，感覺一直都心不在焉喔。肯定是碰上了某種以前沒有體驗過的個別劇情事件吧？」

從加藤到了以後，始終一聲不吭地觀察其表情的詩羽學姊，忽然像是下定了決心，一舉堵到加藤的座位前，面對面地幾乎要呼氣到臉上似的盯著她。

而且這次學姊用的並非霞詩子模式，而是「攻心阿詩」模式。

「照妳的樣子……敢情是跟男人有關吧？」

「咦？」

「咦？」

「咦？」

唔哇，三道聲音漂亮地重疊了。

「我似乎說中了呢。既然如此，我猜是學校裡傳出了某個女生忽然變漂亮的風聲，到現在才有男生來向妳告白，是不是這樣的套路呢？」

「哪有啊，我並沒有遇上什麼特別的事啦。」

「話雖如此，妳今天的態度和行為有太多不自然的地方了。」

「呃，這個……」

「……英梨梨，妳剛才有感覺到加藤的模樣哪裡不對勁嗎？」

「我哪有可能看得出那種事情。」

「也對啦……」

畢竟這傢伙和經常靠小說探究男女細密心思的詩羽學姊不一樣，只會靠情色同人來探究成人間（自稱）奧妙的快感。

唉，說歸說，我自己也屬於無法參透那種細微變化的消費型豬玀啦。

不過正因為如此，我也常常受到老調重彈的故事驚嚇或感動，可以說是既經濟又實惠的御宅族。

「首先，平常根本不會遲到的加藤學妹，頭一次大幅遲到。」

「我說過那是因為有點事要忙啊。」

「哦，妳忙了什麼？不礙事的話是否能告訴我呢？」

「那、那個……」

不過，現在被詩羽學姊逼問的加藤，確實和以往有些許不同。

「還有，妳的發言提到自己之前是待在外頭，再加上有畏寒的模樣可以佐證。」

「是、是沒錯啦，我剛才確實待在校舍的外面。」

「所以說，妳是去了哪裡？為了什麼才去的？」

「霞之丘學姊……」

加藤不能像平時那樣從容處之。

也無法用比想像中要毒的吐槽來應對。

最重要的是……她不夠淡定。

「再說個題外話，我剛才從窗口看向中庭，就目擊了妳和男同學在樹下單獨相會的畫面。」

「呃，那段題外話才是妳推理的關鍵吧？其他全都是穿鑿附會吧！」

之前對當紅戀愛小說家的洞察力感到五體投地的我真像傻瓜。

倒不如說，這個人運用的好像是懸疑作家的狡獪度才對。

「如何？加藤學妹，妳有沒有什麼要反駁？」

於是，在詩羽學姊的攻心手法下，被逼得退無可退的加藤就……

「呃，是的，就像學姊說的那樣。我被告白了。」

「咦……咦……咦～～……！」

加藤在乾乾脆脆地招認後，終於取回了一些以往的淡定本色。

……同一時間，我卻忘了自己以前用來吐槽她的輕鬆口吻。

「…………」

「…………」

可是，當時緊盯著加藤那副直率表情的，好像只有我而已。

話說妳們兩個別看我這裡啦。

「順帶一提，倫理同學，我進了這所高中以後，也有過三四次對象包含學長、學弟、同年級同學的告白喔。」

「唔……啊！雖然我不太會去數，可是我大概已經有到三位數以上了！」

還有，妳們別特地趁現在揭露那些我聽都不想聽的經歷……

第一章　作家討論時真的就是這種調調

「好，現在問題來了，倫理同學。」

「是、是的。」

就這樣，與加藤那句衝擊性告白隔了三十分鐘的回家路上。

太陽下山後老年顧客仍源源不絕，平時光靠一杯飲料的咖啡豆和糖分就能逗留幾小時的咖啡廳。

在那樣一處位於學校附近，卻幾乎不會碰見同學的神聖領域裡，有我們「blessing software」眾成員的身影。

「以往當朋友且不會放在心上的女生，在某天之後忽然華麗地變身，受了眾人矚目。」

在我眼前，有詩羽學姊像剛才在視聽教室那樣坐鎮，兩個人隔著一杯漂浮可樂相望，距離近得能感受到彼此的氣息。

啊，剛才我的膝蓋被磨蹭了。

「那個，基本上讓我變身的不就是霞之丘學姊嗎……？」

「局外者安靜一下。我們目前正在討論要緊事。」

「這樣喔，原來目前在會話中百分之百被拿來當梗的我是局外者啊。」

然後在詩羽學姊的右邊，則是坐在靠窗位子，一面將冰淇淋蘇打的冰淇淋勺到嘴裡，一面露出有些不能釋懷的表情，吐槽起來大致和平時一樣淡定的加藤。

以出生頭一次（自我宣告）被告白的人來說，這傢伙真是本性不移耶。

「於是就因為發生了那樣的事，她在男生間的人氣扶搖直上。放學後甚至被人約出去告白，使她倍顯困惑。」

哎，說來說去就是以上三個人聚在同一張桌子，至於要提到我們在忙什麼……

「倫理同學，此時你……不對，男主角要採取什麼行動、發展出什麼樣的情節，才能稱為有趣的故事呢？列舉看看你所想到的套路吧。」

我們莫名其妙地召開了「你也可以藉此成為小說家！霞詩子老師的劇情實踐講座」。

呃，我不知道事情為什麼會變成這樣就是了。

「唔～～這個嘛……首先不只是女主角，男主角對身旁的變化感到困惑，也是應當要有的心理改變吧。」

還有，雖然我不知道事情為什麼會變成這樣，不過被學姊拿來列舉成題目的情境為何要如此設計……唉，我想大家都懂吧？

「具體來說呢？請用男主角的獨白表現出來。」

「唔，呃……『心裡面這種疙瘩是怎麼回事？我會被引導到哪裡呢？』」（註：動畫《超時空要塞7》的主題曲《SEVENTH MOON》歌詞）

「第七〇月不會回答你的。別鬧了，認真思考這個題目。」

「不，我又沒有在逃避……剛剛我已經作答啦：『心裡面這種疙瘩是怎麼回事？難道說，其實我對她……』這應該算典型套路吧？」

「你說的或許是一種典型，不過既刻板又八股還老套得一點新意都沒有，用這種毫無特色的台詞能不能吸引玩家，我抱持相當大的疑問。」

「唔……喔喔。」

目前您所見到的，正是強忍害羞認真回答完以後就被要求砍掉重練的帳號。

「哎，在那種常套劇情事件後，就會接到告白劇情對不對？『我終於發現了，其實，我對妳……』比如像這樣子。」

「啊～～沒錯沒錯。那種台詞，有時候還會特地當著先告白的男生面前講出來耶。」

「某方面來講那算是男主角最有表現的場面，不過冷靜一想，看起來只像以往老神在在地撇到一邊的女人忽然快被搶走了，才感到捨不得呢。」

「學姊，創作者講那種話不好吧……」

這算非常珍貴的專業意見，十分有參考價值，我也深切希望以後能加以活用，可惜作為創作者、作為一個人都顯得開門見山過了頭，實在不能讓對於作品、作家懷有夢想及幻想的消費者聽見。好比我就是。

「不過，縱使是老套的台詞，說不定也能透過表達方式和演技讓人有不同的感受……倫理同學，你能不能試著滿懷感情地說說看？」

「咦？學姊是指『我終於發現了，其實……』的橋段嗎？」

「沒錯。聽好囉？要跟著我唸唷？開始了喔。『我終於發現了，我的對象其實就只有學姊而已……！』」

「……為什麼台詞做了微妙的變動？還有那是什麼？」

不知不覺中被擺到桌上的錄音筆，已經莫名其妙地按下了Rec鈕。

「只是把用途改得廣泛點罷了。我想拿來當參考資料。」

「誰知道妳想拿去怎麼用。」

「你想嘛，這可以用來幫助我湧現創作的靈感。」

「我看會冒出來的不是靈感，而是其他玩意兒吧？」

「……畫凌辱同人本的情色作家就是這麼不解風情。每字每句都下流至極，只會令人擔心她往後的社會生活呢。」

「我才不想被執筆寫作時裝成模範生，一戳爆才發現根本浸淫在情色妄想中的悶騷女作家那樣說呢。」

「拜託妳們兩個不要用會讓粉絲暴減的狠話互虧啦……」

此外，目前和詩羽學姊進行著惹人嫌的互動的，當然不是我與加藤。

英梨梨一進店裡就表示：「我才不坐聒噪的這一桌，失陪了。」然後自顧自地搬到了隔壁桌去坐，看來人似乎還活著就是了。

她目前仍在桌上攤開素描簿，一邊喝著漂浮咖啡一邊繪製原畫的草圖，因此從我的立場也不方便把話說得更強硬……

「算了，我們別管那隻只能插嘴搗亂的敗犬。」

「我是敗犬，妳不就是落敗的狸貓了？性格和體型都像呢……啊哈哈哈哈哈哈！」

「……要談到其他套路，有的故事也會稍微改變敘事觀點，好讓玩家發現女主角其實是為了確認男主角的心意，才故意秀出搞曖昧的演技呢。」

「啊～～那種橋段我確實看過幾次。」

先不管那些，看來在她們兩個人當中，是詩羽學姊的心思稍微成熟一點點。

「始終跨不出朋友那條線的女方，終於決定做最後一搏……一會兒刻意在男主角面前誇獎其他男生，一會兒又炫耀似的表示有人邀自己約會。」

「不過那樣的話，結果男主角都會把女主角搶回來對不對？我總覺得被當成炮灰的男生格外可憐耶。」

基本上，對別人沒意思還表現出容易造成誤解的態度，這算哪門子專屬男主角的騷貨啊？

「不過炮灰原本就是為了烘托男主角才存在的，只要把感情投入在男主角身上，也不用特地介意那麼多吧？」

「不，學姊，在現實生活中也活得像男主角的搶手貨才有那種思維吧。像我這樣在現實生活中只能當配角的噁心阿宅，難免會對那種場面中被趕到一邊的炮灰投入感情嘛。」

當我說著正想高歌「無論蚯蚓或螻蛄或配角都一樣活著」的瞬間……

「…………虧你說得出口……真虧你這〇〇〇說得出口……！」

「你去〇一死算了……真的，你乾脆死一〇比較好……！」

「咦？咦？咦？」

經過我說明以後，或許她們還是不太能理解，然而四周氣氛卻在瞬間變成了泛黑的深紫色。

「啊～～那個，對不起……呃，由我道歉的話會造成二度發飆耶。」

「什麼意思？妳們幾個到底是怎樣啦！」

看來在她們三個人之間，對於造成這種氣氛的原因似乎有共通的理解，我們社團不知不覺中變得這麼團結，也讓我感到感慨萬千。

問題在於社團代表並沒有打進她們的圈子就是了。

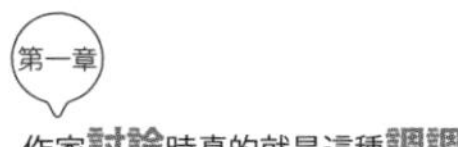

「對、對了！還有這種套路吧？變得受歡迎的女主角感到困惑，也不知道怎麼想的，就拜託男主角當她的『假男友』。這樣的劇情發展如何？」

我用膝蓋發覺到詩羽學姊的抖腳毛病開始發作，才連忙拋出了下一個話題改變氣氛。

「……哎，確實是有。」

「儘管男主角一開始感到困惑，不得已還是跟對方扮成了情侶。雖然旁人起鬨讓他難為情，不過對於兩人逐漸縮短的距離仍覺得有說不出的高興……可是男主角遲早要發覺，他們那樣的關係單純是假象。」

於是，我發現學姊勉為其難參與了這個話題，便把握時機口若懸河地想將事情混過去……呃，我是指熱烈訴說。

「無論她笑得再開心，那也不是發自內心的笑容。無論她再怎麼看著男主角，那也不是真正的愛慕。無論她呢喃再多的濃情蜜語，那也不是真實之愛。如此悲哀的『虛偽戀愛』物語，簡稱為……」

「你不必說簡稱了。」

此外，詩羽學姊似乎對這年頭什麼作品都硬要取簡稱的風潮不能苟同。

「男主角對他們自己徒具表面的行為感到難受。累積的心理壓力在最後爆發開來，兩人間虛假的情侶關係也隨之告終。」

「原來如此，那真是大危機呢。」

「危機越是嚴重，靠著大逆轉克服困難後的幸福結局也就越顯著不是嗎！劇情起伏大才可以炒熱故事，也能讓我們對女主角小鹿亂撞。之前是詩羽學姊這樣教我的吧？」

當時我還是個外行人，只能一味地把詩羽學姊講的故事論當成高妙之語來崇拜。

如今我站在自己寫故事的立場，回想起學姊灌輸的各種創作點子，才深刻體會到那是一座多麼輝煌亮麗的寶箱。

「是呀，假如是保證有快樂結局的美少女遊戲或萌系漫畫，那樣的劇情就能讓人放心地小鹿亂撞或什麼來著。不過……」

不過——面對我那句勘稱「報恩」的提問，詩羽學姊露出了歹毒母夜叉的臉……沒有啦，她擺著壞心的創作者臉孔將話頂了回來。

「不過在寫實派的戀愛小說裡，那種細微的誤解到最後就會發展成無可挽救的嚴重歧見，女方有可能真的心冷，也可能和其他來告白的男人湊成一對，結果那個男的其實是惡劣透頂的負心男，而女方被霸王硬上弓以後，更有可能走到變成一臉淫蕩地雙手比『耶』的萬人騎黑辣妹結局喔。」

「停啦，不要說了，別把那種對男人而言既沒夢想也沒希望的女性真實價值觀亮出來！」

話說那也不是寫實派戀愛小說，而是NTR類的成人遊戲情節吧。

「先是要求讓配角幸福，等作者嘗試把女主角許配給其他人得到幸福以後又發飆的讀者，真的很麻煩呢。」

「我說過作者就算心裡那樣想也不能講出來啦！」

結果，現在在我眼前的那張創作者臉孔，才不是簡單用一句「壞心」就能形容的。

現在在我眼前的，是徹底了解什麼樣的情境能摧毀男人夢想，還會專門對萌系沙豬讀者造成致命打擊的黑心女作家笑容。

「那麼，來談下一個問題吧。」

於是，詩羽學姊在施予心靈攻擊後，興趣和視線便從嚇得抱頭發抖的我身上轉移開來，活像在找尋新獵物似的看向右側，然後帶著依舊沉靜平緩，卻又更顯尖銳的語氣發問：

「到目前為止，我們已經設想了許多種『女生被男主角以外的男生告白』會有的發展套路，不知道妳這次是跟哪一種吻合呢，加藤學妹？」

「呃～～把前面聊的全部當成開場白，會不會太拐彎抹角了啊，霞之丘學姊？」

……然後，要說到加藤這邊受了蓄勢而發的攻擊有何反應，就還是一副玩著智慧型手機的老樣子，而且回話時馬虎得毫無誠意和危機意識。

「妳會怎麼回答對方？答應交往？一口拒絕？還是說，妳想暫時觀望男主角有什麼反應？」

即使如此，詩羽學姊唯獨在今天就是不把加藤的忽視技能當一回事。

那種略顯強硬的態度，使加藤總算放下了智慧手機重新面對學姊。

「妳所做的回答，倒也可能讓某個窩囊男主角……的行動、決策及讀者好感度出現大幅變動就是了。」

結果在提及「某個窩囊男主角」的時間點，我的小腿就被東西撞到了。好痛。

明明沒有人朝著我這邊，對方用腳尖踹過來的這一下未免也太準了。

「呃～～雖然我這樣說會有點那個……」

「怎樣？」

「霞之丘學姊，妳最近會不會活得太倉促了？」

「…………」

加藤的臉色和口吻，都充分表達出對詩羽學姊的關心。

……可是，對詩羽學姊來說，那道滿懷慈愛的目光及多餘的關心似乎格外觸怒神經，使她用了比剛才更凶的表情瞪著加藤。

我受夠了！這一桌這麼恐怖我待不下去！我也想換一張桌子，然後在明天早上變成冰冷的屍體被人發現。

「那個嘛，我的確也有許多想法還無法釋懷喔？」

這次則是在提及「那個嘛」、「我的確」、「也有」、「許多想法」、「還無法」、「釋懷」、「喔？」的時間點，我的左右小腿就被人用腳趾頭來回猛踹了。有夠痛的。

「不過呢，這個社團目前算是在最要緊的時期。距離冬COMI不到一個月，遊戲母片壓製則剩不到兩週，現在大家的心非團結在一起不可。」

「詩羽學姊……」

可是，詩羽學姊那番充滿心意的台詞，讓我頓悟得連痛都忘記了。

在我腦海裡，浮現了熱血教師含淚揮拳說道：「你痛嗎？我可是比你更痛啊！」的模樣。

雖然這年頭就算再怎麼有教育熱忱，都不能體罰啦。

「……唉，儘管在如此要緊的時期，也有不穩分子到現在仍未完成原畫而替社團招來危機就是了。」

「去〇，去〇，去〇去〇去〇去〇去〇啦。妳最好從輕小說業界消失，去〇。」

遠方好像傳來了節奏和曲調都十分陰沉的歌聲，不過我判斷目前別去在意才是明智的選擇，便決定保持緘默了。

話說，英梨梨那傢伙好像各方面都快要不行了……

「所以呢，加藤學妹……」

「霞之丘學姊。」

「咦？」

於是，間隔著小品性質的玩笑話，在詩羽學姊再度面對加藤的瞬間。

「答案已經出來了不是嗎？剛才，霞之丘學姊自己不就說出來了嗎？」

「我說了答案？」

「妳說過，現在是大家非把心團結在一起不可的時候。」

這一次，加藤帶著認真的笑容，堂堂正正地迎戰詩羽學姊了。

「加藤，妳的意思是……」

有兩個黑長髮美女像這樣近距離地面對面，總覺得造型重覆的狀況很嚴重……不是啦，我是指看起來挺壯觀啦。

「我希望保持現在的樣子。」

「……等一下，加藤學妹。妳插了特大號的人際關係瓦解旗喔。」

「啊～～不對，我是想說……」

雖然詩羽學姊說了什麼我並無法理解也不想理解，但是加藤的話與她當時的表情，讓我的心被悄悄滲進來的淡定感給填滿了。

「其實呢……我的確被男生告白了，可是也在瞬間就被甩掉了。」

「咦？為、為什麼……？」

不對，她那樣並不叫淡定……

「我當時隨口回答：『冬COMI快到了，不太方便談這個。』結果對方就嚇跑了……」

「加藤……？」

「加、加藤學妹？」

「惠……惠？」

「怎麼回事呢？我是不是變得挺宅的啊？」

對圈外人講出那種有損形象的發言，而笑得有些難為情的加藤……

或許，現在用坦率來形容會比較合適。

「哎，我回答對方的方式確實不太好，可是我也沒有意思說謊，所以這樣就行了吧。」

「不，妳等一下……」

「所以我剛才就說過啦。我現在最重視的就是社團、作品、冬COMI喔，安藝。」

「我有點搞不懂妳在講什麼耶！」

真的，我聽不懂。

誰叫加藤說那些話時，實在太耀眼了。

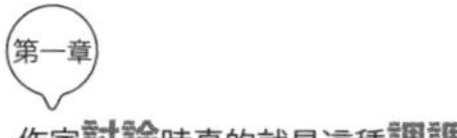

「那、那麼……妳說要為社團著想，主要都是為了誰？」

「霞之丘學姊……拜託妳能不能改一下妳的戀愛腦？」

「說什麼啊？畢竟妳現在可是蠱惑人的惡女，為了心愛的男友可以毫不在乎地把其他任何人當成墊腳石的女人——丙瑠璃喔。」

「呃～對不起，霞之丘學姊，我只有髮型是瑠璃，並沒有連人格都因襲學姊設定的角色……啊，有電話，我失配一下。」

結果，八成是出於和我不同理由而顯得無法完全釋懷的詩羽學姊，仍想要繼續死纏爛打時，桌上的智慧手機卻顯示有人來電，對於加藤的追究只好暫告結束。

……話雖如此，熱切地朝著通話口談了片刻的加藤，不久後就掛斷電話，然後面對我們露出更加認真、也更加開心的表情。

接著，她又對我們搬出了不折不扣的驚喜。

「不好意思，大家現在能不能到安藝家集合呢？」

「到我家？為什麼？」

「加藤學妹，剛才的電話到底是誰打來的？」

「嗯？冰堂同學打來的啊。她說結尾用的主題曲完成了，要過來唱給我們聽。」

「結尾用的……主題曲？」

「什麼啊，那是怎麼回事？」

「……惠？」

我當然知道「主題曲」這個詞是什麼意思。

可是，我沒有印象。

對於前陣子才拉進來社團，處理密集工作進度時，也顯得百般不願的音樂負責人，我完全不記得自己有交代她譜出那麼大費周章的曲子（遊戲結尾的Vocal曲）……

第二章　用吉他求愛根本瞎得讓人看不下去

「大家晚安～～謝謝你們今天來參加我——小美首次舉辦的單人演唱會～～！」

「這裡是住宅區而且現在是晚上，妳會打擾到鄰居啦！」

就這樣，離加藤提出衝擊性邀約過了三十分鐘的回家路上……已經到終點了。

太陽下山父母依舊不回來，明明是高中男生家卻總是窩著一大堆高中女生，一如往常的安藝家。

在如此一處就算被校內同學踢爆而演變成大問題也不奇怪的御宅族巢穴裡，聚集了我們社團「blessing software」的所有成員。

「呃～～那麼立刻為大家帶來第一首……嗯，就突然來個驚喜好了～～！其實呢，今天居然準備了新歌喔～～！這首歌的處女秀，要獻給專程來到這場演唱會的聽眾們～～！」

「就叫妳閉嘴了啦。不然至少講話時安靜一點。」

「…………」

「…………」

「啊、啊哈、啊哈哈……」

沒錯，「所有成員」。

在我右邊，有故作冷靜卻完全不掩飾惡劣的心情，還默默瞪著大嗓門主人的詩羽學姊。

在我左邊，有彷彿打死不對歌手起反應，在素描簿上作畫的筆始終沒有停的英梨梨。

然後在英梨梨左邊，則有努力想帶著兩個女生投入活動，卻因為擔任要角的歌手瘋過頭，以至於自己也變得有點退縮的加藤。

另外……

「總覺得～今天的聽眾都不High耶～」

「是妳自己瘋過頭了啦！還有我講過好幾次了，端莊一點。」

「我哪有辦法嘛！到目前為止我可是三天三夜沒有睡都在寫歌喔。」

在我正前方，有個穿著制服盤腿坐在我床上，一臉悠哉地捧著吉他把那裡當舞台的「自稱」音樂人。

本著粗枝大葉的外表和行為舉止揮灑健康美而讓人眼睛不知道往哪裡擺，身上還帶了點小毛病的短髮高挑美少女表親。

不顧前後的樂天思考帶來如山高的麻煩。

忽而轉為來自濃厚親人意識的激烈肢體接觸。

忽而又讓人窺見，從女校出身導致不習慣和男性相處，偶爾才突然表露的純情態度。

雖然臉孔眾多，卻因為彼此有親戚關係不得不來往一輩子，應對起來實在叫人頭痛的無戒心火辣少女。

她就是前陣子在動畫歌曲演唱會成功出道，卻不屬於御宅族的樂團少女，「icy tail」的小美亦即冰堂美智留。

「所以呢？能不能請妳說明這到底是怎麼一回事……加藤？」

「啊，好的，關於這個……」

「哎～～我說過啊～～阿倫千拜託萬拜託就是想要我嘛。不過我以前都是愛怎麼做就怎麼做，再被索求身體會撐不住啦～～雖然我本來想這樣拒絕，可是自己的表親終於想當個男子漢了，總應該讓他放手做個痛快吧？既然這樣，身為大姊姊的我只好犧牲色相……不是啦，犧牲睡眠幫幫他的忙囉～～」

「……哼。」

「……哼。」

「…………妳沒聽見嗎，美智留？我問的是加藤。妳別講話。」

「咦～～」

反正問了美智留也只會得到毫無頭緒的答覆外加越扯越遠，所以我就把疑問的矛頭指向了好溝通的冤大頭加藤。

應該說，美智留那種「不經思考地說到哪裡算哪裡還只會導致桃色誤會的超級會話術」早就已經惹火我左右兩旁的聽眾，正在蒙受物理性攻擊的我也希望有人著想。

「那由我來說吧。呃，其實呢，之前我找了冰堂同學試玩我們的遊戲。」

「對對對！上個星期，小加特突然聯絡我～～」

「啊，沒關係啦，冰堂同學，我來說明就可以了……還有我之前拜託過妳，稱呼我可以加『小』沒關係，但至少發音要正確吧。」

「咦～～有嗎？哎呀～～抱歉抱歉，小加藤。」

咦？剛才加藤好像難得有些不爽耶？

不對，現在先別管女生的那種細微矜持了……

「試玩？為什麼要找美智留那種人？」

「我『這種人』……？」

「啊，沒事……」

「的確，安藝會那麼說也是可以理解的。畢竟冰堂同學不是御宅族，又根本沒玩過遊戲，一開始也完全提不起興趣，更不知道替程式除錯是什麼意思，基本上光是教她怎麼安裝就花了一個小時，玩了以後也一下子就厭倦跑去彈吉他。」

「……我以後還是都叫妳小加特好了。」

總覺得光聽她們講，我就可以想到加藤有多辛苦了。

此外，女生似乎比男人想像中還要看重那些細微的矜持。

「不過，以結果來說並沒有白費喔，安藝。」

光是粗略聽完事情經過，我確實也能明白那些努力並沒有白費。

畢竟，遊戲結尾要附上演唱曲了耶？

這可是外行總召的同人軟體出道作耶？

現在不只有了職業小說家的劇本、人氣同人插畫家的原畫，還多了原創的演唱曲喔？

那是多麼超乎常理的事情，從小學時就開始跑Comiket的我哪有可能不知道。

「不過，到底是吹了什麼風才……」

「那是因為呢，冰堂同學在玩過安藝寫的新劇情以後……就覺得這樣下去根本不行。」

「什麼~~美智留！妳對我寫的劇本懂個頭啦！」

「咦~~說得這麼過分喔！」

啊~~我本著自省的意思先提出忠告好了。

以往從來沒有產出任何一款作品的消費型豬玀……不對，我是指那些單純享受遊戲的玩家，即使他們無視於本身的知識水準和經驗貧乏……不對，即使他們看穿遊戲製作者能力不足而給予殘忍的評價，製作方也絕對不可以翻臉跑到匿名討論區鬧事，或者在部落格與社群網站咒罵別人喔？

我們只能默默吞下去，用不甘的念頭提振士氣，並且在下次做出更好的作品……我說沒其他解決之道就是沒有喔？

「啊～～不對啦。不是你想的那種意思，安藝。」

「不、不然她那樣說是什麼意思？」

加藤打圓場的語氣，已經變得像男朋友耐著性子在安撫交往後開始耍任性的女朋友了。

我現在鬧脾氣的模樣，有那麼煩人嗎？

「冰堂同學是說，這樣下去她根本沒有幫到你的忙，所以才想多盡一些心力啊。」

「咦……？」

「欸，小加特！說好那不可以講的……」

「我姓加藤。」

「……小加……藤。」

氣氛變成如此，我只好把「快失去新鮮感的暱稱梗就別再玩下去了」這句吐槽封藏起來，並望向美智留賭氣轉開的臉龐。

「哎，會那樣想，要說當然也是當然的。畢竟冰堂同學試玩安藝寫的劇本時，還在製作到一半的階段。」

那樣的話，要說當然確實是當然啦……東西出來都還不到半個月。

「所以配樂一點都不合。演出也還沒有經過雕琢。圖片更是東缺西漏。」

「……別在這時候順手捅我一刀好不好，惠？」

「拜託，你們的被害妄想太嚴重了啦。英梨梨和安藝都一樣。」

加藤說著又露出了一絲好比男朋友在安撫病嬌女朋友的疲倦神情。

不……但是現在應該要考慮一下說話方式吧。

把「缺了圖片」講得像收尾的笑點是不太好……呃，光這樣就有反應確實是很麻煩啦。

「後來呢，我們兩個就重新讀了劇本，互相討論在哪裡要放什麼樣的配樂。」

「不對，妳們兩個搞什麼啊……」

「這就是在製作遊戲啊。」

「我不是那個意思……」

加藤和美智留做的事情，各方面來講都充滿問題。

都沒有跟身為總召的我說一句，成員間就擅自商量要追加樂曲數等等，這樣已經打亂了社團裡的秩序。

要說的話，我在上星期確實……不對，我這陣子確實都一直在忙本身的工作，不過她們還是該向我報告一句才對。

「大致的工程都在這星期開頭就完成了，不過冰堂同學說無論如何都還缺一首配樂。所以她決定要譜新的曲子。」

「哎呀，畢竟這個結局和其他的都不一樣，不是嗎？這應該算超幸福的結局嘛。」

「美智留？」

「假如這個結局放的曲子和其他結局相同，那不就太遜了嗎？」

「啊……」

原來美智留說的「這樣下去根本不行」，是那個意思……

「起初我只做了演奏曲，可是總覺得沒有把氣氛表達出來～」

「然後，我們又討論該怎麼辦，結果冰堂同學就說用唱的試試看好了。」

換句話說，是這麼一回事啊。

所以，妳們兩個只是想讓遊戲變好囉……

「原本我還擔心要怎麼用『嗶嗶嗶』的音效來播歌曲，不過聽說現在ＣＤ音訊照樣塞得進去對不對？」

「我說啊，為、為什麼妳心目中的遊戲一直停留在任天堂紅白機的水準？妳又沒有實際看過主機吧？」

現在的我，連吐槽都顯得不夠犀利。

「既然如此，我就打算拚看看……哎呀～實際上後來我作詞煩惱了好久，結果拖到今天早上才完成就是了。」

「唔……」

畢竟，那也難怪吧？

被御宅族拖下水的普通人，以及到目前仍然不能理解御宅族的現充。

社團中，和御宅族距離最遠的兩個人。

在製作遊戲方面，理應最缺乏知識和動機的兩個人。

有誰能想到，她們居然會這麼拚命且主動地付出心力？

「事情就是這樣，說明到此完畢。接下來你就實際聽聽看，再判斷要不要放進遊戲裡吧，總監？」

「美智留……」

美智留露出一如往常的賊賊笑臉，接著還拋了狀似得意的媚眼。

她那張彷彿看穿我目前心思的使壞表情，讓我恍然大悟。

我明白了，她會隱瞞到現在，簡單說就是為了這個。

妳只是想讓我大吃一驚吧？對不對？

妳真的很愛擅作主張、講話又油腔滑調，還不懂得看人臉色。

可是被拉進來入夥的妳卻為了遊戲三天沒睡。

妳在曲子完成後想立刻讓我們聽，才專程找上門。

當下，明明妳自己肯定也很累。

不，正因為累，才要表現得開朗、高興、有精神。

如此活潑、無憂無慮、愛作怪的美智留，帶來了這份特大號驚喜。

「那麼，就請大家聽聽看吧……歌名是《獻給阿倫的敘事詩》。」

「啥～～～～！」

「…………哼！」

「欸，妳——！」

「啊～～取歌名的部分我沒有參與，所以我也是現在才曉得的喔。」

……我剛感慨完，結果這傢伙完全不看場合的惡作劇，並沒有為事情劃下一個溫馨的句點。

※　※　※

「呼～～神清氣爽。啊～～洗得好舒服。」

「……吃了那麼多東西，虧妳能立刻去洗澡。」

就這樣，迷你演唱會結束後大約過了兩個小時，我依舊在自己房裡。

美智留在發表完新歌以後，忽然喊著：「好耶～～！禁慾生活到此結束～～！」就跳到我的床上，讓準備回家的其他的社團成員（英梨梨和詩羽學姊）愣了一瞬，然後她隨即撥電話到披薩店點了披薩、薯條、義大利麵跟烤雞，還自己清掉了七八成。

而且東西一吃完，美智留就意氣昂揚地在這個房間脫起衣服，當我急急忙忙把她丟進浴室時都已經準備褪下內褲了。

雖然我平時就常常會想，這傢伙到底有多順從本能在過活啊？

「阿倫也去洗個澡怎樣？」

「我晚一點再洗就好。」

結果，等她像這樣回來房間以後，身上的布料份量和我把人轟出去時幾乎差不多，不過我想大概說什麼也沒用了。

「熱水好不容易才放好的耶……之後重燒會多花瓦斯費喔。」

「與其擔心我們家的生活開銷，妳還不如替我剛才付了全額的披薩錢操心。」

應該說，同年齡女生剛泡過，顯然還留著餘香和餘溫的洗澡水我怎麼敢用。

「可是，不早點洗澡的話，你那痕跡會一直消不掉喔。」

「啥？什麼痕跡？」

我顧慮到這種地步，明明就是想跟美智留保持距離，她卻特地當著我面前露出白皙的腿跪下來，剛出浴的紅潤臉龐貼近以後，兩隻眼睛便往上瞟了過來，這傢伙已成為理性的仇敵兼慾望的女神。

「痕跡還留著喔……你看。」

「唔？美、美智留！」

……接著，原本對心臟就有不良影響的這個表親，居然直接碰了我身上最難為情的部分。

「啊哈哈~~……耶~~我贏了我贏了，完全勝利~~~」

「吵死了！」

肯定，還留著白色淚痕的下眼窩。

兩個小時前的我，真的丟臉到極點。

光是聽首歌，就不顧他人眼光淚流不止。

「很好很好，沒枉費我認真作曲，傾注靈魂獻唱算是值得了。」

「我說妳吵死了……！」

我又沒有辦法。

畢竟，我是發自內心地感動。

該怎麼說呢，美智留的曲子、歌、嗓音，徹底觸動了我的心弦。

從平時的粗枝大葉幾乎無法想像的纖細吉他音色。

從平時我行我素的口氣幾乎無法想像的溫柔歌詞。

從平時喋喋不休的調調幾乎無法想像的澄澈嗓音。

聽來格調不俗，又具備動畫歌曲的味道。

對作品有充分理解。可以感受到譜曲人細讀過故事內容。

彷彿能聽見男女主角從漫長詛咒解脫後，打從心底發出的無憂笑聲。

……一回神已經哭得稀里嘩啦的我，倒是完全沒被其他聽眾消遣或取笑。唯一例外的，是歌手本人。

然後，我也明白為什麼大家沒笑我。

因為大家光是顧自己都來不及了。

她們都知道分心笑我，就會出一樣的醜。

當時在場所有人，都知道自己有多麼地融入於歌曲的意境當中。

就為了，區區一首由外行創作歌手寫出的，遊戲配樂。

「要怎麼說呢～～……」

「嗯？」

「自己的作品能感動別人，有夠過癮耶。」

而且，美智留現在講話的聲音，不知為何也變得跟剛才的我有點像，帶了些鼻音。

對，作品所傳達的感動，絕不是單向的。

閱聽者獲得的感動，會化為語句、掌聲甚至淚水，回到創作者身邊。

所以，創作者才會追求更高的境界。

他們想再一次，讓閱聽者受到強烈感動。

同時也想再一次，讓自己受到強烈感動。

我看過好幾次那樣的狀況，因此都了然於心。

「對、對了美智留，妳那歌名是怎樣啦！」

「咦～～有什麼不可以？那是我率真的感情耶。」

「就算那樣，歌名也跟曲子一點都不合吧。」

「哎，那算是（暫定）的啦。還有另一個版本叫《安息吧阿倫》就是了。」

「妳少咒我死。」

正因為我懂美智留的心情，才刻意轉換話題，並不是純為我自己。

畢竟在獨處的情況下，讓氣氛感性成那樣就太不妙了。

「所以呢？」

「所以什麼？」

「我在問我的曲子啦。採用？不採用？」

「…………」

「要加到遊戲裡面嗎？還是丟掉？」

「……不妙了。」

「嗯～～？怎樣？我聽不見耶？」

「……把那丟掉可就不妙了！」（註：在電玩遊戲《勇者鬥惡龍》系列中，嘗試丟掉重要道具時會出現的系統警告訊息）

「啊哈哈哈哈～～果然是我大獲全勝嘛，阿倫～～」

「我們的製作體制沒有餘裕能將好不容易做完的東西捨棄啦。」

伴隨著比剛才更長的笑聲，美智留高聲做出勝利宣言。

正如我盤算的，美智留和我，都回到了平時的本色。

嗯，我們就是應該這樣子相處。

「咦～～不過小加藤有說，現在要把歌曲放進去可能會挺麻煩的耶？要處理容量和檔案取代之類的。」

那當然沒錯。

事到如今才決定把這種高音質的大容量檔案加進去，沒有比這更冒險的了。

既不能確定會造成什麼影響，也不知道要花多少工夫。

「不會啦，加個一兩首歌，沒什麼大不了的。」

這當然是謊話。

我只不過是打定了主意，無論得熬夜幾天，就算死也要把歌加進去。

「呼嗯～～？」

「怎樣啦？」

於是乎，美智留當然不會放過我隨口講出的那些發言。

「吼～～老實講出來啦～～！說你最愛的就是我～～！」

「我最愛的！是妳！做的曲子！不要把話亂省略！」

「……『最愛』這兩個字不用訂正，對不對？」

「……我討厭說假話。」

「唔呵呵～～你說謊～～」

「不要黏過來，熱死了。」

「亂說～～現在是寒冬耶～～」

美智留和我背靠背，還一股勁地硬擠。

接著她又拿起吉他，緩緩地用指甲彈起「那首歌」的前奏。

……拜託妳停啦，我會哭耶。

「所以說，狀況怎麼樣？遊戲能按期完成嗎？來得及趕上那個叫冬……冬什麼的活動嗎？」

「嗯，就快完成了……」

劇本殺青。程式碼將近完成。而且，音樂在今天達到了最高境界。

接下來就差原畫，等於十拿九穩。

畢竟我們要等待的，只剩在完稿方面當屬社團中最值得信賴、也最有專業意識的業餘插畫家柏木英理一個人了。

「我說呢，阿倫。接著，等遊戲完成以後……」

「怎樣啦？」

「所有人真的就可以變得幸福嗎？」

「咦……」

『讓我們一起幸福吧！』

那句話，是出現在美智留終於成為同伴的演唱會[第四集第七章]那天。

美智留斥責我只是憑著一己私念，就綁住了才華洋溢的社團成員，因此，我才會用自己的方式做出回應並立下誓言。

「……可以的啦。」

「真的嗎～～？從那以後過了滿久一段時間，可是我覺得幾乎什麼都沒有變耶。這個社團裡的人際關係。」

「大家本來感情就不錯啦。」

「是喔？不會因為一點小事就在轉眼間瓦解嗎？」

「妳講的話很討厭耶。」

「還不是因為你～～」

「我現在聽著一首超棒的曲子，心情正好，妳不要潑冷水啦。」

就這樣，美智留一邊演奏著吉他讓我眼淚盈眶，一邊又用意義不明的講道內容扎在我的心上，感覺簡直像……

「那就是關鍵啦，阿倫。」

「什麼的關鍵啦，小美？」

「選我嘛。」

「選什麼啦！」

「畢竟我們是親人。我又絕對不會拋棄你。」

「……要說的話，妳這散仙才應該擔心自己被拋棄。」

「咦～你好過分～～」

沒錯，簡直像個不中用的親戚姊姊……唔，這樣形容也八九不離十嘛。

「美智留，假如妳出社會以後還是這麼沒有定性，會混不下去喔？」

「不要緊啦，到時候有可靠的阿倫表親會照顧我。」

「你打算事事靠別人喔！」

「咦～我當然從一開始就是那樣打定主意的啊，經紀人。」

而且，這個姊姊似乎廢到讓我在不知不覺中，就會忍不住痛下決心思考：「難道只能靠我拯救她了嗎？」

「不管妳怎麼說，我都會繼續經營這個社團。」

「你逃避啦？」

「當然，妳也要一直留在我這裡。」

「阿倫……」

事到如今，我哪有可能讓社團解散。

所有人分崩離析，我哪裡受得了。

詩羽學姊寫劇本、英梨梨畫圖、美智留作曲，其餘人等再付出各種努力，將其化為實體。

詩羽學姊說長道短、英梨梨過度反應、美智留挑釁，還有其餘人等心驚膽跳地守候著她們舌戰。

如今，我嚐到了每天都像祭典般的熱鬧滋味，根本無法再當回自己一個人玩遊戲、看動畫的消費型阿宅。

即使詩羽學姊畢業，即使有人搬家，即使生活變忙。另外，呃……即使有誰交了男朋友。

不用每天團聚，也不用長相左右。

即使如此，希望有一天，我們還是可以開個同學會。

像隔了好幾年又再度組成的搖滾樂團那樣。

「哎，看來不只是你，小加藤似乎也那麼想耶。」

「妳說……加藤？」

「坦白講，目前我們社團能運作順利都是靠她，而不是阿倫喔。」

「唔……」

此時我吞下的一口氣，參雜了各種情緒。

身為社團代表覺得慘痛，身為勸募那傢伙的安藝倫也覺得欣慰，身為單純的朋友覺得目瞪口呆，然後，身為男人則是覺得……

「我明白了喔……那個女生是最強的伙伴，也是最強的敵人。」

「什麼敵人！妳不要拿那麼聳動的詞來形容那種人畜無害的傢伙啦！」

「我是在說什麼呢～～……」

像這樣，美智留一面留下謎樣的嘀咕，一面熱熱鬧鬧地彈響吉他。

那表達的彷彿是：「……我懂啦。不談這個了。到此為止！不談了不談了。」刻意想將之前的餘韻一掃而空。

或許，她也覺得自己說得太多了一點。

「我去洗澡了。」

「啊～～別忘記做伸展操喔。要做到讓任何地方的筋都能伸展開來。」

「知道啦。」

我心存感激地走下美智留事前準備的臺階，然後一面對她背後的觸感懷有不捨，一面到了浴室想讓腦袋冷靜。

哎，泡熱水澡讓腦袋冷靜也滿莫名其妙的就是了。

※　※　※

結果，洗澡的這段期間，到頭來我還是沒空讓腦袋冷靜，都在思考美智留那句話的含意。

加藤是最強的伙伴，也是最強的敵人……？

那是從美智留的角度來看嗎？或者……

「……嗯？」

先不管那個……

有什麼必要做伸展操啊？

※　※　※

於是在我洗完澡以後……

「呀啊啊啊啊啊啊～～～！」

「阿倫不要動！做無謂的抵抗只會更痛喔～～」

「停下來啦，美美～～！」

我在床鋪上成了美智留最後一項慾望的發洩對象。

「死心吧阿倫，將一切都交給我～～」

「我哪有可能……那樣做……嗚嗚。」

「不要緊啦……我會讓你很舒服的喔。而且是舒服到昏倒，懂嗎？」

「妳那樣真的只會讓人昏倒啦！」

「啊～～真過癮！這一個星期，我都沒機會對人施展雙手折臂式鎖頭功，憋了好久耶～～！」

「妳說的禁慾生活，原來是那樣喔……！」

冰堂美智留。興趣：觀賞摔角。

……哎，以女生的興趣來說還挺那個的，不過這句介紹在表面上仍算經過粉飾了。

其實這傢伙真正的興趣，是在觀戰後實地演練那些招式。

「還沒完喔，阿倫……這招結束以後還有飛龍鎖頸功，接下來是四字形鎖喉，然後我還想試……」

「等一下等一下～～！」

那些全都屬於緊貼性質的招式不是嗎——我不知道自己該不該開口糾正。

「來吧阿倫……看你要乖乖地成為我破壞衝動下的犧牲品，還是橫下心反擊（把我推倒），你要趕快決定喔？」

「誰理妳啊～～～～！」

像她這種「糟糕的親戚大姊姊」應該挺常見的吧？

我想，應該一點都不特別吧……？

第三章 不，我並沒有刻意追求聖地化喔！

於是，到了隔天的星期六早上。

「嗚、嗚嗚……嗝，嗝……嗚嗚。」

「好啦，別哭了。你是男生吧。」

耀眼的晨曦從窗簾縫隙間照了進來，始終開著的電視正在播送地方旅遊節目，還聞得到微微飄散的咖啡香……

「可、可是、可是……我受了這麼大的屈辱。」

「沒關係，阿倫你別動。全部包在我身上。」

「美智留……」

如此頹廢又悖德的氣氛，瀰漫於我的房裡。

「那麼，我要開始囉，阿倫……嗯！」

「啊、啊啊……！」

「不好意思，倫也，我有點事要談……喂，你們兩個在做什麼～～！」

……忽然間，閃亮亮的頭髮和嗓音翩然而至。

「英、英梨梨？別、別看現在的我！求求妳，不要看！」

「咦～～？小澤村早安。哎～～真是個舒服的早上呢～～」

「倫、倫也……還有冰堂同學？你、你們兩個，在昨天晚上解散以後，該不會……！」

在床上，有赤裸上身哭哭啼啼地俯臥著的我，和騎在我身上用雙手幫忙揉背的美智留。金色的來訪者一看見這種景象，全身上下都在頻頻顫抖。

「拜託妳講話不要太大聲。會讓我腰痛發作。」

「你、你說……腰？腰痛發作？」

「就跟妳說別大呼小叫了……痛痛痛痛痛。」

「哎～～對不起喔，阿倫。我昨晚實在做得太過火了～～」

「做、做、做做做……」

「啊～～英梨梨，之後我再說明，麻煩妳安靜一下。」

一大早忽然目擊這種畫面的英梨梨有什麼誤解，我心知肚明，但現在我比較重視自己的自尊心，所以不太想解釋真相。

……是的，我居然年紀輕輕的就傷到腰了。

我居然在睡醒以後發現自己起不來。

而且居然是女生對我施展懸吊式關節鎖造成的……

順帶一提，真的就只有那樣喔。

先聲明，我們沒睡同一個房間喔。

美智留用我的身體盡情施展摔角招式以後，拋下一句「呼～～過癮了」就早早回去樓下的客房了喔。

至於美智留現在會在這裡，單純是因為她乖乖早起上來叫我起床，在目睹我的慘狀以後，才心生內疚幫我貼膏藥而已喔。

「受不了，就算是表親，就算情況是不可抗力，但你們的肢體接觸也太過火了啦！」

「會嗎～～？親戚都這樣的吧？」

「不，美智留，連我都覺得那樣不太對……」

沒錯，我和美智留的這種煽情烏龍事件，幾乎已經成為一種傳統表演了。

雖然本質確實是烏龍，實際上我們就是在玩摔角、敷膏藥、廝混瞎鬧，不過這種狀況的問題在於，我會占到相當大的便宜……也就是肢體接觸太過激烈這一點上面。

真的，像我們兩個這樣，就算擦槍走火插進一小截也不奇怪了。

「哎～隨便囉。小澤村要不要一起吃早餐？」

「哼……不必！」

英梨梨狠狠瞪了自從秋天翹家以後，每次來都自在得把我家當自家的美智留，然後做了三次深呼吸、用兩手拍了拍自己臉頰，好似唸咒地誦唱著：「我沒問題，我沒問題，我就是沒問題。」

……喂，妳那一點也不叫沒問題吧？整個人完全慌了吧？

「倫也，我有點事想談。你能不能出來？」

「抱歉，我現在腰痛……」

我個人認為高中二年級學生不得不用這種方式拒絕女生邀約是相當屈辱的，不知道客觀上看來如何？

「這樣啊，不然冰堂同學，能不能請妳離開一下？」

「怎樣怎樣？要談不能讓我聽的事情嗎？可是妳想嘛，我從一出生就和阿倫血脈相繫，不管怎麼瞞都會馬上傳到我耳裡喔。」

「唔……我都已經對社會地位和人前評價的壓倒性差距睜一隻眼閉一隻眼，來向妳低頭拜託了，多少要懂得看臉色才上道吧。還是說，判斷這些對粗線條又粗神經的粗壯女而言困難度太高了嗎？」

「假如妳真心誠意地說一聲『求求妳小美♪』我就答應喔。」

「妳別鬧了，冰堂美智留。」

彷彿受過師父詩羽學姊特訓的英梨梨滔滔道出尖話毒語，臨陣絕不退縮的美智留則始終貫徹著自己的步調。

先不管那個，美智留什麼時候開始對社團成員稱呼都加「小」的啊？

「我並沒有在鬧就是了～只不過，我有我的先住權啊。」

「妳又跟我打哈哈！叫妳出去聽不懂嗎？妳滾啦，從我的眼前消失……明、明明人家有重要的事情要談……時間都已經不夠了……現在根本……不是瞎鬧的時候……唔，倫、倫也～～！」

「啊～～……美智留，不好意思。」

英梨梨被美智留根本不當一回事的草率應對重挫，只見她的態度越來越萎縮，逐漸失去了從容。

……說真的，這傢伙最近落魄成這樣到底是怎麼回事？

有人還記得澤村．史賓瑟．英梨梨這個女生，其實不只在豐之崎學園，而是在這一帶所有高中裡都被評為一等一的美少女嗎？

「哎，沒辦法囉。不然折衷一下，我不聽你們談的內容就是了。」

說著，美智留坐到房間角落，戴上了耳機，將插頭接到吉他，然後緩緩地出指撥奏。

於是乎，隱約從吉他盈落的樂音，正是這傢伙昨天發表要用在遊戲結尾的新編原創曲。

「……唔。」

「……唔。」

不知道為什麼，我那已經被訓練得像是巴甫洛夫之犬的啜泣聲，好像跟另一陣類似的聲音重疊了。

「受不了，霞之丘詩羽也好，冰堂美智留也好，你身邊的女人盡是色情狂！」

「……我想她們兩個，都不想被妳這個在同人界屢屢推出超級傷風敗俗的二次創作的人那樣說喔。」

英梨梨總算讓美智留退讓半步以後，一放鬆臉色再次面對我，就彷彿完全忘了自己之前多落魄，還生龍活虎地批評起社團的同伴。

嗯～～我實在拿這種小人物嘴臉沒轍。

「那只是我誠心回應讀者需求的方式。我才不像霞之丘詩羽那樣，本質是色情狂就讓作品裡的角色通通被愛沖昏頭。」

「……先不論學姊寫的角色昏不昏頭，我喜歡那種明確表現出作家色彩的作品就是了。」

以這層意義來說，我也超愛美智留的奔放歌曲。

可以見識到天才那種出乎意料，或者遙遙凌駕於想像的才能，於我來說是一大樂趣兼快感。

所以，儘管內心戰戰兢兢地顧慮著下次會被怎麼耍弄，我對作品還是很期待。

「像她那種人，不是動不動就會拖稿、失控毀掉自己的作品，或者變得根本寫不出東西而對身邊的人造成困擾嗎？」

「聽好喔？接下來妳可不要舉出具體的作家姓名喔？絕對不可以喔？」

「我和那種人不同。我從一開始就會將作品構思徹底，在腦海裡確實描繪出完整形象，然後讓作品照著規劃好的模樣出爐。」

哎，英梨梨的本子確實差不多就是那種感覺。

「沒錯，一切都要依照規劃……開頭、劇情演變、結局、頁數、情境、男主角的射精次數、女主角的高潮次數……」

「等一下等一下等一下！」

……雖然這傢伙出的普遍級作品實在太少，我幾乎沒讀過幾本就是了。

幫忙處理過的作品除外。

「角色言行不會走樣，故事方向也不會變調。比如突然走致鬱路線、忽然更動取向、突兀地

跟以前的女人重逢，這些沒格調的小技倆我一概不用。」

「最後那個還ＯＫ吧，最後那個。」

「總之我可以背叛讀者的預料，但絕對不會背叛他們的期待。舉例來說，你看上一期的動畫不就……」

「預料和期待滿難界定的耶！好，這個話題談完了！」

拜託妳不要專程舉具體的例子來批評啦。

「話說回來，英梨梨妳對創作這件事，果然既謙虛又誠懇。應該說創作意識很高吧。」

「喂！把我當『意識形態高漲』那一型的人，你是不是瞧不起我！」

「先不管那個字眼在現代用語中是什麼時候偏向貶意的，我真的是在誇獎妳啦！」

語言這種東西時時都在成長呢……於好於壞都一樣。

「哎，誰叫不謙虛立刻會被抨擊，不誠懇也立刻就會被放棄。」

「就是啊，假如妳在現實生活中也能謙虛點就好了……」

「和旁邊那隻悠哉的母蠡斯一比，我活得很認真不是嗎？」

「妳明明是裝出來的優雅千金大小姐。」

「什麼話。我的產地可一點都不假。」

「不，問題在加工方面……」

於是，正當我們兩個越扯越遠時，美智留彈的吉他也在方才換成了極輕鬆逗趣的曲子。

那傢伙真的沒聽我們講話嗎？

算了，那個暫且不提，要說到英梨梨的主張和態度，果然很有她的本色。

穩定地供給質與量齊備的作品。

總是能充分回應期待，總是不會超出預料。

所以事情才能放心交給她。用不著忐忑或緊張……

……不，我單純是指作風上的差異。並沒有談到好與壞。

差別只在於，我比較喜歡誰的作品而已。

坦白講，我心目中的理想創作者，應該要從英梨梨和詩羽學姊身上各自擷取其優點。

遵守期程，維持品質。

在重要場面展現出異彩。

不屈不撓地持續動筆，隨時能取得聯繫，和社會適度妥協。

另外，產出的作品要好賣，到頭來這才是重點。

連我都懷疑，能讓這兩個人搭檔的自己是不是天才……先不說我其實沒別的選擇。

「好啦，倫也。接著要談正題了。」

「嗯？」

「總之希望你放心。因為我接下來打算做的事全都是規劃好的。」

「……等等。」

「不要緊，我每天絕對會發一次報告。手機電源也會記得開著。啊，不過在那邊收得到訊號嗎？」

「…………我叫妳等等。」

關於英梨梨總算要談的正題，我光聽開場白就已經滿是不好的預感了。

※　※　※

「那、那須高原？」

「對，我們家的別墅。倫也你也來過一次吧。」

「啊，對喔，是那裡喔……」

英梨梨提到的地點，刺激了我腦中的古老記憶。

即使在那須高原的高級別墅區中也格外顯眼，於名於實都呈現出「布爾喬亞」一詞的澤村家第二棟大豪宅。

在小學二年級暑假，我曾被英梨梨和她的父母邀去那裡待了一星期左右，巨大屋邸、豪華裝潢、打理過的庭院，以及外頭整片廣闊的大自然，所有環境都迷人得足以用高級度假區稱之。

……只不過，伴隨著對那塊地方的記憶，我想起的卻是帶到別墅用Dre〇mcast玩的《櫻〇大〇》系列、還有馬拉松式看完所有集數的《你所〇望的〇〇》和《真〇譚〇姬》動畫，實在無法不反省自己在山中別墅住了一星期，從早到晚都在做些什麼。

真的，我和英梨梨都一樣……簡直完全沒有成長。

「所以，從什麼時候開始？」

「從今天。其實車子現在還在外面等我。」

「所以，到什麼時候為止？」

「我和你確認一下，母片送廠壓製的交貨期限，是在下週末對吧？」

「…………」

「…………」

不過，問題焦點並不在那個地方，而是為什麼那個地方會出現在話題裡。

「……妳打算拖到那時候？」

「相對的，我一定會趕上。相信我好嗎？」

呃，各位知不知道有個字眼叫「閉關」？

順帶一提，我指的是「閉關寫作」或「閉門趕稿」那回事。

簡單說，那是在難以趕上稿期的情況下，為了避免作家逃跑……呃，為了方便讓作家專注於作業，就把他們關進飯店或別墅的一種行為。

「話說，我們後天還要上學吧。」

「不翹課實在趕不上了。」

「…………」

離截稿還有一星期。

然後，交由英梨梨負責的剩餘原畫張數，則是十張。

「這次比以前更急迫一點。」

「是、是喔……」

於是，被逼急的原畫家做出了一項大抉擇。

對創作始終真心。

不逃避，而是勇於面對。

她選擇將自己和俗世的喧囂切割開來，接下來這幾天只管畫、只管畫、畫到天昏地暗……

「可、可是妳的出席天數沒問題嗎？過去妳為了配合同人活動也請過滿多假吧？」

「不要緊，有個萬一的話可以捐款給學校解決……」

「不要用那麼現實的方式啦！」

唉，雖然她在其他方面逃避得滿嚴重的。

將英梨梨的話做一個總結，簡單來講就是：

這傢伙從現在起，要到那須高原的別墅繭居。

然後，她會一口氣將剩下的原畫完工。

在這段期間，我們沒辦法直接見面交談。

基本上，只有英梨梨那邊可以聯絡我。我這邊不能聯絡她，就像一齣幸福的戲幕後那樣。

（註：日文歌《一齣幸福的戲》的歌詞：在一齣幸福的戲幕後，打電話的都是我，那個人都不會打來）

所以，要是她原畫沒畫完就把東西甩到一邊溜了，我也無法阻止，也不能一再催促施壓或者硬逼她畫。

如此一來，我只能相信英梨梨會把東西完工……

「不要緊的，倫也。你要相信勇於相信你的我。」

「英梨梨……」

「基本上，我以前有說過謊嗎？」

「妳的日常生活不就全是用謊話堆出來的嗎！」

她講了什麼？剛才，裝了八年的千金大小姐好像有講什麼耶？

「……在意小細節的男人會被討厭喔。」

就是在意小細節才會變成御宅族吧……

「話說回來，為什麼要做到那種地步？」

一星期畫十張原畫，先不管其他插畫家，換成我所認識的柏木英理，連上色算在內仍是綽綽有餘的數字。

再說，要閉關趕工也不用專程跑去那須高原，光是窩在家裡，工作環境對英梨梨來說就已經夠萬全才對。

畢竟這傢伙的父母對御宅族很寬容……應該說，那兩位都是道行比我們更深的御宅族，情況告急的話還可以替我們做許多交涉、找人手幫忙，能出力的部分比比皆是。

英梨梨卻寧願拋開那些，一個人（附司機）關到別墅裡，我只覺得她根本是想用不利的條件來逼迫自己。

「這是為了讓我覺悟。」

「覺悟……覺悟什麼？」

於是乎，像是要回答我的疑問，英梨梨聲音嚴肅地把話道來：

「成為這個社團招牌的覺悟。」

「啊……」

原來如此，英梨梨這傢伙終於萌生自覺了。

被激出領導風範的她，打算用圖畫的力量帶領我們。

她有了決心、有了拚勁，想為大家盡一份力量，讓作品成功。

「儘管包在我身上，倫也。」

「英、英梨梨……！」

我們社團獨缺的拼圖，終於到了拼上去的這一天。

那就是「我為人人、人人為我」這種大家都卯上全力，和同伴互相協助，以勝利為目標的團隊精神……

「在這一星期，我會將霞之丘詩羽和冰堂美智留都徹底打垮。」

「……什麼？」

我心裡剛想完，英梨梨臉上浮現的卻不是自信、悲壯感，或者相信同伴的安穩表情。

「最近呢，有好多煩人的小角色，都在對你強調……我是指她們都在對社團強調『自己好有貢獻喔～～』，很讓人看不過去。」

「呃……咦～～？」

如今，英梨梨臉上浮現的是焦慮、是侮蔑、是想將同伴比下去的扭曲表情。

「根本來說，劇本也好音樂也好，對作品銷量貢獻不知道有沒有一成的微薄要素負責人還敢裝腔作勢，光看就覺得可憐了。」

可是，我覺得讓人看不下去的，是妳現在的言行；光看就覺得可憐的，是妳那種幼稚的敵意耶，難道我錯了嗎？

「因此，我覺得是時候誇耀自己的力量了，非得讓你們知道自己的貢獻頂多只有小指頭一般的價值才可以。」

「小指頭的價值很高啦！都可以洗門風了！」

果然，這傢伙還是一點成長都沒有……

她生來就是任性妄為的化身。只求自我表現的魔鬼。

「哎，我那些話一半當玩笑就好。」

「即使只有一成真心話也會讓我在意到不行就是了。」

「那麼，我差不多要走囉。」

「英梨梨……」

於是，似乎放話得心滿意足的英梨梨，忽然露出了笑臉，並且面對面望著我。

「我會按時聯絡你的。」

「我每天，絕對會發郵件給你。」

那是她一如往常的，無分男女都能騙得了的嬌憐表情，以及柔弱態度。

屬於矯飾千金的虛偽面具，語氣及含意都充滿虛假的人工語音。

「然後，我一定會回來。」

經過長年來往，比誰都明白這傢伙本性的我，絕不會上那些諂媚工夫的當。

「回來有倫也等著的，這座城市。」

「…………懂了啦，我會等妳。」

「嗯，要等我喔，倫也。」

……明明如此。

明明知道那是假的，明明知道那是表面話。

我這沒藥救的二次元阿宅，居然會動這麼深的感情。

「啊……」

「怎麼了嗎？」

此時，英梨梨忽然思索似的，用了富含萌要素的角度微微偏過頭……

「呵呵……呵呵呵！」

「怎、怎樣啦？有什麼奇怪的？」

然後，她突兀地擺出富含萌要素的表情，呵呵地笑了出來。

「沒有，沒什麼奇怪的，不過……」

「不過？」

「總覺得，光聽對話的內容，是不是很像遠距離戀愛？」

「什……」

「啊哈哈……啊哈哈哈哈！」

來到最後，她就用富含萌要素的定場詞，給了我致命一擊。

只靠表面、只靠演技，居然可以勾住男人的心到這種地步……

先不論身材，這傢伙在美少女路線怎麼會成長得這麼顯著？

我明白。

英梨梨在這種關頭，有她實實在在的本事。

無關於正確與否，她就是有她的本事。
所以，這傢伙肯定畫得完。
她會畫出迷倒世上男人，兼具可愛、漂亮、火辣，任誰都想要又「好賣」的插圖。

可是，現在的我……
明明是這樣地期待、放心、相信她……
可是，為什麼我就是抹滅不了那一絲的不安？
這股茫茫的不安，是怎麼回事？
無法化為形體、化為言語的想法，漸漸湧上我的內心。
不知為何，我怕英梨梨會跑到某個遙遠的地方。
我怕相通的心意會在不知不覺中離散，令一切都變成過去式。
沒錯，那好比從小培育的一段遠距離戀愛，正緩緩地轉變成回憶所帶來的惆悵……

「唔，原來都是妳在搞鬼～～美智留！」
「咦～～你說什麼～～？聽不到～～」

猛一回神，美智留彈的吉他曲子，已經在不知不覺中換成亂能勾起鄉愁的離別曲調了。

應該說，美智留改彈《秒速〇公分》的主題曲了。

我和英梨梨談的內容，妳絕對都聽在耳裡吧？

第四章　世上最**不可信任**的人種，就是**創作者**

From:　「澤村英梨梨」〈e-lily@○○○.○○〉
To:　「倫也」〈T-AKI@○○○.○○〉
Subject:　今天的分
Date:　Sun　○○　Dec　19:11

辛苦了。
來到這裡已經過了一整天。
東西採買完畢了，也請司機回去了，剩我一個人獨處。
果然，外面冷得和東京根本沒法比。
不過屋裡所有房間都開著暖氣，比你房間要溫暖就是了。
總之今天完成了兩張，都寄過去囉。
這樣瑠璃劇情線剩三張而已。總共剩八張。

有什麼要改就在明天內回信給我。
不過沒人打擾果然比較好專心，進度很順利。
照這樣進行，說不定星期五左右就能回去了。

※　※　※

From:　「安藝　倫也」〈T-AKI@○○○.○○〉
To:　「澤村英梨梨」〈e-lily@○○○.○○〉
Subject:　Re:今天的分
Date:　Mon　○○　Dec　00:25

辛苦妳了。
CG，我確實收到了。
內容也確認過了，兩張都不用修改。一次ＯＫ。
所以立刻就加進遊戲裡了。
英梨梨妳就不用掛心，將精神傾注在剩下的八張上面。

要注意保養身體。

我想妳也會覺得有壓力，不過多少要睡一下喔？

另外，妳有沒有好好吃飯？

∵不過屋裡所有房間都開著暖氣，比你房間要溫暖就是了。

好浪費，暖氣開一個房間就夠了啦，妳這布爾喬亞。

※　※　※

「……閉關？」

「呃，就是把快要趕不上稿期的作家抓來關……不是啦，逼他們專心作業……」

「那種狀況我們的社團也碰過幾次，所以我明白啦……」

於是到了星期一。

從學校往車站的回家路上。

加藤在準備回家時得知最近常一起回家的英梨梨請假沒上學，好像這才跟上了友人的近況。

搞什麼嘛，英梨梨，原來妳沒對加藤講喔？想不到妳這麼見外。

……結果，在我暗自埋怨以前，沒接到消息的該位友人就先露出了有點無法釋懷的表情。

「可是，英梨梨一個人住到那種遠離人煙的深山中沒問題嗎？」

「……我大概了解妳對那須高原和栃木縣抱有什麼印象了，不過那裡算是用『高級』來形容的別墅區喔。」

哎，即使如此，她立刻就切換了心情為對方著想，真不知道該說這是好朋友或者好好哄或者好利用。

「不過，那裡還是滿遠的吧？發生什麼狀況也沒辦法立刻趕過去喔？」

「不會有那種十萬火急的狀況吧？那裡的市區一樣有便利超商啊。」

「安藝你好悠哉耶……」

況且，英梨梨自己也說過沒問題。

那傢伙說了沒問題就不會有問題。

畢竟她在出狀況時不管我方不方便都會來求援。

「哎，那傢伙比想像中更懂得自我管理啦。有狀況也會自己設法解決吧。」

換成詩羽學姊，倒真的可能把創作以外的事都甩到一邊，才讓我有操不完的心。

誰叫她給我的印象是一來勁也可能跑到大風雪的屋外邊笑邊寫稿。

「安藝，你信任英梨梨嗎？」

「以『穩定度』的部分來說，是沒錯啦。」

她夠努力，做事情也有相當的熱忱，但絕不會沉溺其中。

那不僅是在創作方面，過生活也一樣。

明明家裡很有錢，卻多少有窮酸的性子。

明明是千金大小姐，卻多少對社會有所理解。

明明頗有女生樣，卻多少會邋遢。

所以，那傢伙無論遇到什麼事，肯定都會有辦法。

客觀來看，我了解她有那樣的能力。

……畢竟，在緊要關頭時，那傢伙不惜與我切割，也會為自己爭取內心的安寧。

「所以，她要閉關到什麼時候才結束呢？」

「照預定，大概是到這週末吧？」

哎，反正無論怎樣也不能延得更晚啦。

「不然，安藝，我們星期六要不要一起去那裡看看狀況？然後就把英梨梨帶回來好不好？」

「咦？妳是說……去那須高原？」

「啊～～對喔，當天來回有困難吧。那就拜託英梨梨讓我們在別墅住一晚，星期日再回來怎麼樣呢？」

「…………」

「安藝？」

「沒、沒事……週末我這邊不行。要送母片給廠商。」

「啊～～對喔，工作還剩得滿多的耶。」

「是、是啊……所以不好意思，假如要去，就由加藤妳一個人……」

「嗯～～那樣我也不能去啦。總不能把這裡的工作都推給你一個人處理啊。」

「是、是喔……」

的確，週末會很忙。

等素材全到齊以後，還要彙整、測試、製作母片、送廠壓製，作品能不能在冬COMI推出，大概就看這四十八小時內與時間的賽跑了。

然而，我剛才口氣會變得亂遲疑，倒不是因為加藤對急迫的狀況想都不想就隨便提議，才讓我心生不滿。

應該說，加藤大概真的只是隨口講講罷了……

可是，這傢伙剛才居然若無其事地提議要來趟一男兩女的過夜旅行耶！

※　※　※

From: 「澤村英梨梨」〈e-lily@○○○.○○〉

To: 「倫也」〈T-AKI@○○○.○○〉

Subject: 第二天

Date: Mon ○○ Dec 21:01

辛苦了。

今天的進度，寄過去囉。

今天也完成兩張。這樣瑠璃劇情線就剩一張，總共剩六張。

我開始覺得游刃有餘了呢。

既然這麼順利，大團圓劇情線要多加幾張ＣＧ也是可以吧？

討論時我說過絕對辦不到，不過五張還是太少吧？

或許可以再研討一下。

>>妳有沒有好好吃飯？

沒問題，我買了整箱的沛○葛。（註：日本知名的速食炒麵品牌沛揚葛「ペヤング」）

※　※　※

From:　「安藝　倫也」〈T-AKI@○○○.○○〉

To:　「澤村英梨梨」〈e-lily@○○○.○○〉

Subject:　Re:第二天

Date:　Mon　○○　Dec　23:55

辛苦妳了。

這次的ＣＧ也完全ＯＫ。

我這邊似乎也可以在明天處理好瑠璃劇情線。

接下來還是照這種步調……儘管我希望這樣講啦。

但妳會不會衝得太快了一點，還是說忙昏頭了？

要不要增加ＣＧ，等剩下的分全畫完再來考慮吧？

我會先期待明天的瑠璃劇情線結局ＣＧ。

››沒問題，我買了整箱的沛〇葛。

雖然我也沒什麼立場說妳啦，可是吃點像樣的東西好不好……

※　※　※

「那個，對不起，倫也學長……還把你約出來見面。」

「不會啦，沒關係。反正今天社團沒有活動。」

到了星期二傍晚。

放學路上，我從離家最近的車站多坐了兩站，來到站前的某家咖啡廳。

「呃，我道歉的並不是那一點……」

「不然，妳是指什麼？」

「我們明明投身於『輸家將被業界永久放逐』的無情競爭，可以說是不共戴天的敵人，我卻表示想要見學長……」

「我們沒有搏那麼大啦！只是堂堂正正地在競爭而已！」

「啊，是那樣嗎？哥哥每次在會議上都用那些話來煽動社團成員，我還以為你們兩個是認真想要彼此的命……對於你們可以拚得那麼狠，我還有點羨慕呢～」

「不不不，得到那傢伙的命一點也不值得高興！假如要把命交給那傢伙，我就算死了也無法瞑目啦！」

先別管對話內容了，對方把手臂擱在圓高腳桌上托腮凝望著我，是個穿別校制服的女生。

受兩隻手臂擠壓的胸部沉甸甸地擺在桌上，關於這方面，我們社團的成員中除詩羽學姊以外似乎沒人能對抗那種份量感，然而對方卻是比我們社團裡面任何人都要小的國中生。

從小狗般的親暱笑容，吐露出溫柔悅耳的嗓音。

忽而轉為針對特定情況、特定對象才會發動的黑色歌德裝反派模式。

忽而又無法入戲，到頭來骨子裡仍是個演不了反派的良善好人。

結果，還是現在這樣顯得最可愛的黏人系學妹。

直到半年前還屬於女性向社團的島塊區作家。

如今，則是在鬧口牆際耀武揚威的超人氣社團「rouge en rouge」所欽點的主筆原畫家，波島出海。

「所以呢？今天找我要商量什麼事嗎？很不巧，我還沒有掌握到任何關於《小小狂想4》的研發情報……呃，要說的話，雜誌和網路上的資訊我都確認過一遍了啦。不過像小小狂想系列這麼紅的作品，當中也會有很多假消息不是嗎？畢竟自以為是地散播不確定的情報，到頭來才發現搞錯了，對御宅族來說可是比死還不堪的事情……」

「那、那些情報我確實很想聽！也很想聊！像上星期法〇通（註：電玩雜誌《法米通》）的獨家快報就超有衝擊性的！」

「對嘛！對嘛！發售日和主機都未定。連一張圖也沒有就只秀了標題字樣而已。報導的內容卻炒作成那樣……！」

「還寫說：『這次的小小狂想舞台在演藝圈！』……會變什麼樣會變什麼樣嘛～～！」

「就是啊，真不知道為什麼要炒那種冷飯……呃，我是指推出臻至成熟的題材！」

「到時候會是發掘得太晚的遺物，或是蓄勢而發的超級大作呢……啊，但很不巧，我今天找學長談的正題不是那個。不是啦，那部分我也非常想聊，不過一聊的話今天就講不完了。」

「咦～～這樣喔～～」

對了，談到出海，我漏了一項要素。

……她是精確度極高的，我的互換機種。

「所以說，倫也學長……請你收下這個！」

「咦，這個是……」

於是出海交給我的，是一片……

呃，凡是她準備了這種容易造成誤解的禮物的場合，大致上結果都底定好的。

「這是我們昨天將母片送廠壓製好的新作同人遊戲《永遠及剎那的福音》！」

「謝、謝謝……」

嗯，我明白。

「我希望學長收下……我的第一次。」

是「第一次製作的遊戲」才對吧。妳要我收下的。

不，沒關係。不用多說了。

不過，今天只有我們兩個人所以還好，但是希望妳別在旁邊有人時搬出這種說詞……抱歉，我才剛講好不多說的。

「這樣啊……原來『rouge en rouge』那邊，已經把母片送出去了。」

「咦，『blessing software』那邊還沒送母片嗎？」

「啊……」

糟糕，我自暴其短了。

「不、不過出海，虧妳能趕上耶～～！夏COMI時妳還因為來不及畫封面就留白，本子也在途中就變成線稿的說。」

「啊～～唉唷～～請學長不要提那個啦～～！」

結果，為了替社團掩飾的我只是稍微逗了出海幾句，她就老老實實地中招了。

出海的定位姑且算敵方社團的最強原畫家，態度還這麼親切，以設定來說倒也有點問題就是了。

「不過經歷這次的企劃以後，我真的深切體認到了。」

「體認到什麼？」

「過去的我，只會挑喜歡的時候，盡情畫自己喜歡的東西，單純在經營興趣而已。」

「出海……」

「可是那樣的話，即使以興趣來說能夠長久，也無法到更高的地方和人競爭。」

然而，意識高漲的……不對，道出高遠目標的她，總覺得，像是在忽然間一口氣衝上了通往大人世界的階梯……呃，這並沒有性方面的意味。

「……伊織有沒有把妳操得很累？」

「吼～～哥哥超過分的喔～～要不是家人的話我早就脫離社團了！」

「啊、啊哈哈……」

「以前我連哥哥經營同人的事情都不知道，原來他在業界真的屬於很惡質的人耶。難怪學長會跟他不和。」

波島伊織。

和我相同年紀，就當上了十年來持續守著閘口牆際攤位的老牌人氣社團「rouge en rouge」的第二屆代表，溝通力和政治力都高超過頭的「同人商」。

「真的難以相信耶。他只看了五秒鐘，就要求我重畫花上一整天才完工的圖喔。而且理由只有一句『因為這樣不好賣』！」

啊，感覺那一幕實際浮現於眼前了耶。

「而且就算我問哥哥：『不然要怎麼畫呢？』他也只會回答：『我哪有可能知道啊？』我一點都聽不懂他在講什麼！」

對對對，那傢伙就是那種人。

「不過那也是當然的啦。誰叫我哥哥根本就不會畫圖。」

沒錯沒錯，畢竟，製作人這種職位就是沒有創作才華的人在當的。

……像我一樣。

「即使哥哥像那樣要求我重畫也不會將期程延後，而且他自己還每天都跟不同的女孩子出去玩……」

嗯，關於那部分他可以去死一死。不對，非死不可。

「真的，想了就討厭呢……啊，對不起學長，我好像都在發牢騷。」

「不會啦，沒關係……」

出海，妳真的用不著道歉。

因為妳真的是在發牢騷。

不像我是發自內心的咒罵。

所以，總覺得妳的話，聽了好溫馨。

「……像妳那樣真好耶，出海。」

「咦～～一點都不好啦。學長你是怎麼聽的嘛？」

「也對，啊哈哈……」

我心裡，總覺得有一點……可惡。

明明出海知道了那個同人投機客的真面目。明明她接觸到了那傢伙的厚黑。

可是從出海的語氣聽來，她對伊織依然充滿了親情。

「哎，總之呢，這就是歷經種種苦難才生出的作品……所以請學長絕對要玩玩看，然後告訴我感想。」

「妳對於這個，有自信吧？」

「當然有囉！」

那表示……他們社團，提供了棒得可以認真發牢騷的製作環境。

伊織對成員們管理得當，維持著眾人的工作動力，還確確實實地按照期程，成功交出了品質優秀的成品。

「我明白了，出海……等我們這裡送完母片，絕對也要讓妳玩到成品。」

……就是因為那傢伙偶爾會像那樣，展露出真摯的一面，才讓人覺得棘手。

每天和不同女生出去玩的部分倒是可以去死一死啦。非死不可。

「其實呢……我今天，對於跟倫也學長見面，本來是有點不安的。」

「咦，為什麼？妳以為彼此變成競爭對手，我就會爽約嗎？」

經過了無論聊得多熱絡都要讓咖啡冷掉的時間……

「沒有，我覺得學長不會那樣，不過澤村學姊就……」

「英梨梨怎麼樣了嗎？」

於是在對話停頓片刻以後，出海用了莫名安分的態度，提到那個名字。

「我怕澤村學姊會偷偷檢查倫也學長的郵件，然後帶著幾個跟班先守在我們約見面的地方，糾眾數落我：『你這種女生要和倫也單獨見面還早十年呢！』再踐踏我帶在身上的遊戲ＤＶＤ，將我推進都是泥水的水坑，指指點點地一起嘲笑我……」

「等一下等一下等一下！」

「然後，我因為恐懼和羞恥就什麼也不敢回嘴，只能滿身泥巴地哭哭啼啼回到家，脫掉髒兮兮的衣服進浴室盥洗……接著心裡就覺得好不甘、好難過……好不容易哭完了，眼淚卻又源源不絕地湧上……我～好～恨～啊～柏木英理～～～！這股恨意該發洩掉嗎～～！」

「冷靜點！拜託妳快變回原本的出海啦～～！」

是的，出海提了那個名字。

一說出口就會讓她人格驟變，懷有滿滿恨意及心靈創傷的仇敵名諱。

「呼……呼……呼……對、對不起，倫也學長。我不小心失控了。」

「不、不會，那倒沒關係啦……話說出海，妳面對英梨梨還是會改變性情耶。」

主要是變得黑化、狠心，外加昭和年代風。

「應該說，是澤村學姊只要面對我就會改變性情！」

「呃～～英梨梨平時差不多就是那種德行喔。」

「怎麼可能，我身邊都沒有遇過性格在平常就那麼惡劣的女孩子耶。」

……對不起，對不起啦，出海。

妳那帶著一絲絲溫柔的世界，會混進性情火爆的異類，都是我害的。

我倒想問，那個白痴到底對這麼嬌弱的女生造成了多強烈的負面影響啊？

「不、不過英梨梨現在不會來找妳麻煩喔，這我可以保證。」

「咦～～為什麼？」

「畢竟，她目前光是顧自己就來不及了。」

「學長是指……遊戲原畫嗎？」

「差不多。」

哎，還有一個因素是「就算她想過來教訓妳也要搭幾小時的車」。

「因為那傢伙現在只想著用圖來打倒妳啦。」

「唔啊，學姊果然還是討厭我嘛。」

「她在怕妳啦。某方面來說，妳是被她尊敬的，被人氣同人作家柏木英理尊敬。」

同時，妳也受了嶋村中學的玉女澤村・史賓瑟・英梨梨學姊尊敬。

「……那我可以當成是一種榮幸嗎？還是應該要覺得困擾呢？」

「哎，請隨意。」

「……呵呵。」

扯了這麼久，出海終於笑了英梨梨。

而且，那是一張不含侮蔑或憎恨，顯得心平氣和的笑容……哎，不過是略有苦笑的味道就是了。

「不過呢，出海，即使如此，柏木英理和我們這些人，是不會輸的喔？」

「我同樣可以自負地說，自己這次作出了很棒的東西喔。」

「嗯，那才像波島出海……去年最讓我著迷的作家。」

「那麼，學長……」

「嗯，敬妳我這一仗都能打得漂亮。」

緊接著，我們就用完全冷掉的咖啡乾杯了。

所以囉，喂，英梨梨？

我已經代妳宣戰了，原畫真的要靠妳啦……

※　※　※

From:　「澤村英梨梨」〈e-lily@○○○.○○〉

To:　「倫也」〈T-AKI@○○○.○○〉

Subject:　第三天

Date:　Tue　○○　Dec　23:21

今天的分，檔案隨信附上。
雖然只有一張，這樣瑠璃劇情線就到此完成。
現在我已經在構思大團圓劇情線的部分。
雖然我之前就知道，但是這條劇情線，風格和以往的劇情都不同。
線稿和上色，或許都要採取和之前略有不同的筆觸。
所以說，作畫從明天起或許會慢一點。
但不要緊。進度還是超前的，用不著擔心。

＞＜但妳會不會衝得太快了一點，還是說忙昏頭了？
＞＜要不要增加CG，等剩下的分全畫完再來考慮吧？
我屬於照自己步調做事的類型。
所以不盡早決定張數就無法動筆。

※　※　※

From:　「安藝　倫也」〈T-AKI@〇〇〇.〇〇〉
To:　「澤村英梨梨」〈e-lily@〇〇〇.〇〇〉
Subject:　Re:第三天
Date:　Tue　〇〇　Dec　23:55

給英梨梨。
今天也辛苦妳了。
瑠璃劇情線的結局圖片，我確認過了。
瑠璃感傷地細細體會著用許多東西才換來的幸福，那表情實在太棒了。
所以說，瑠璃劇情線就這樣可喜可賀地完工了。謝謝妳。
還有作畫速度的事也不用介意。
照妳最順手的步調來畫就可以了。
那麼，明天起我會期待大團圓劇情線的事件ＣＧ。

>>我屬於照自己步調做事的類型。
>>所以不盡早決定張數就無法動筆。

我說過，大團圓劇情線有五張就可以了。不要太逞強。

※　※　※

「原來如此，這確實是遠距離戀愛的對話呢。而且確實是隨時間經過，會變得越來越疏遠的《秒速○公分》那種類型。」

「不要硬是偷看別人郵件還突然講出絕望性的結論啦！」

接著到了星期三放學後。

地點是在社團成員上週才一起來過的，平時那間木屋風咖啡廳。

「不然，你自己看看你們三天以來用郵件所做的互動啊？澤村的語氣變得越來越衝，讀起來明顯就是對你的意見感到不耐煩。而且，看到倫理同學你也察覺了她的態度，回信時變得越來越低聲下氣，實在是……這完全陷入女方會棄你而去的套路了呢。」

「還有也不要下評語！不要冷靜地痛批我，不要隨口判我死刑！」

桌子旁邊只有我，以及將我的智慧型手機當自己東西把玩，還毫無罪惡感地檢視別人郵件的詩羽學姊兩個人。

被學姊閒話家常地問到英梨梨這陣子沒來上學的理由時，立刻判斷「老實講似乎會變得很麻

煩」而打算隨便敷衍過去的我真是笨。

心思縝密、厚黑且不惜多花工夫數落人的詩羽學姊，哪有可能不在事前就透過加藤先將情報弄到手……

「嗯，真不錯……這段信件的互動，可以做為創作的參考。啊，不過這不適合輕小說讀者的取向，下次在不死川M文庫寫書時再利用好了。用彷彿飽經世事而看破紅塵的文體，來修飾這種單純只是對男人感到厭倦的心理，不知道能不能挑戰直木獎呢？」

「妳太瞧不起文藝界了吧……」

我可以肯定學姊那種就近取材的態度，但是也覺得近過頭會對我個人造成莫大損害，希望她能有所節制。

「基本上，哪有什麼厭倦或棄我而去之類的，還不到一星期耶。」

「哎呀，靠澤村那種不濟事的腦袋瓜子，要將男人的事久久記著應該有困難吧。」

欸，英梨梨……妳快點回來啦。

否則，讓這個髮色和內心黑漆漆的人來操弄所有資訊，難保不會害妳付出名譽受損的慘痛代價喔。

「倫理同學，你也不用老是眷戀著那種薄情的女人喔？有個含蓄、清純、堅忍不拔的女人從以前就一直守候著你，你也該察覺了呢。」

「總之這跟男與女沒有關係啦，單純是閉關趕工啦。」

那碼歸那碼，為什麼剛才還坐在對面的詩羽學姊，現在已經湊到我旁邊將身體緊緊貼過來，每次開口還刻意往我的耳朵呼氣？

這就是所謂的含蓄、清純、堅忍不拔嗎？

「即使如此……不對，既然如此，倫理同學，你在這次的事情中同樣有問題喔。」

「咦，我嗎？」

「沒想到在創作人瀕臨截稿的節骨眼，你居然敢縱虎歸山……身為總監，你可是犯下了致命性的錯誤喔。」

「致、致命性？可、可是英梨梨說過，不那樣就來不及……」

「你太天真了，倫理同學。你讓澤村嘗到的甜頭，好比在這杯注滿鮮奶油的維也納咖啡裡，額外加進配吐司的小倉紅豆餡，再把丹麥麵包上的霜淇淋也跟著倒進去，然後淋上隨附的楓糖漿一樣甜得入骨。」

「停停停停停！」

有人能明白，這種光用話語表現出來幾乎就要讓耳根子融化的恐怖行為，在眼前實地操作時會造成什麼感受嗎？

剛才，我正是在第一時間體驗了那種滋味。

「基本上呢，你對澤村那種既不講理又任性又私心畢露的驕橫性子太縱容了。明明你對我就不肯軟語呢喃說幾句動聽的……！」

「不，實際上根本沒那回事，而且我對學姊的方式云云跟這次問題無關吧！」

還有別用指甲戳我的手背啦。會痛。

「反正，澤村絕對會溜掉。要我賭上自己的——也行。」

「英梨梨才不會那樣吧！」

剛才詩羽學姊好像講了什麼！雖然她好像講了什麼但我絕對不會重問一遍！

「我從某位編輯那裡，聽說過這段話……」

「呃，不用特地加上『某位』了啦。」

從詩羽學姊令人不忍說的交友狀況，可以推測她除了町田小姐以外，還認識其他編輯的機率大概是……

「她說創作人會溜掉的徵兆，無論是從郵件或電話，大致上都可以歸納出一個模式。」

「咦……」

「首先是等級1。用詞變得說不出的衝。」

「唔……！」

「然後是等級2。到這裡會開始自責。」

「唔……嗯。」

「進一步是等級3。回信越來越慢。」

「唔咿……」

「接著是等級4。不顧旁人說起『好想死』或『不行了』之類自怨自艾的詞。」

「唔哇。」

「最後就是等級5。以某天為界，再也聯絡不到人。」

「…………」

「另外，多附上一個等級6：即使拚命把鬧失蹤的女性創作人找出來，據說大多會發現她們悠哉地在老家蘓居，或者早就換了個男性的筆名接其他工作，到最後其實都過得挺有精神。所以被拋棄的男人也不用太擔心，這就是町田小姐下的總結。」

「不好意思，最後那句有必要嗎？」

「哎，先不管那些。簡單說呢，倫理同學，目前澤村已經進入等級1的狀態了。之後立刻會發展成等級2、等級3，這可是洞若觀火的事實喔。」

「怎、怎麼可能……」

詩羽學姊那番極具緊張感又亂逼真的說詞，讓我越聽越覺得喉嚨焦渴刺痛。

等級6暫且不管。

「不過很遺憾，這已經是決定好的未來喔。這樣下去，你會留不住澤村。」

「為、為什麼！」

「因為，你早就中了詛咒。」

「學姊是說……詛咒？」

「沒錯，假如不在三天以內將這段故事告訴五個製作人，你聘的創作人百分之百會跑掉——是這樣的詛咒喔。」

「學姊只是想補上那一句吧！欸，妳只是想用那個笑點來收尾吧！」

沒錯，我的喉嚨既焦渴又刺痛。

這都是因為，我聽了詩羽學姊那段極具緊張感又亂逼真的……都市傳說。

「基本上，英梨梨和那種造孽畫不出東西的黑牌創作人又不一樣！」

「是嗎？作家提不了筆可是轉眼間就會發生的事喔。而且下次什麼時候才能再提筆，也完全說不準喔。」

「可、可是以那傢伙的情況來說，她從開始跑活動以來一次都沒有發生那種狀況啊。」

還有聽當作家的人這樣講，只會讓我背脊發冷耶。

「……難道說，你一直守候著澤村嗎？」

「不，不是那樣，我在每場活動都會收到本子，而且也不是英梨梨本人送的，是她爸媽！」

不好意思學姊，妳的指甲在我手背上陷得比剛才深很多耶。

「不過，既然是澤村的本子，內容幾乎都屬於十八禁不是嗎？」

「那種本子我都還沒讀，全收在床底下表示敬意。」

雖然藏本子的那個地方也快滿了。

哎，先不管那個，被我收藏在床下的同人誌當中，沒有任何一本可以說是半成品（光從封面看的話）。

膠版印刷本的封面肯定有彩圖，會場限定的附屬小冊子都確實上了墨線。

雖然看在情面上，我偶爾會在截稿前夕應邀去幫忙，即使如此她好像還是享受著和時間的競爭，到最後都會把稿子確實趕完給我看。

「說來說去，那傢伙就是不會出差錯。她在心裡都有盤算好。像那樣的人，自然有能力平平安安地回來我們身邊啦。」

所以她才能穩定地產出作品。因為品質穩定才有眾多追隨的粉絲。因為有眾多粉絲……所以那傢伙是個傑出的創作人。

哪怕我怎麼說，大家都是如此認同的。

可是……

「…………你把她當傻瓜嗎？」

「咦……」

在我那樣讚美英梨梨的瞬間……

詩羽學姊的表情、態度、語氣轉變了一百八十度。

「為什麼你對待她，要像對待一個沒有未來的創作人？」

「呃……咦？沒有啊，學姊才是把創作人當傻瓜吧？」

「誰叫事實就是如此。所謂的創作人，基本上就是犧牲了所有社交性、人際性、協調性、生活能力和睡眠時間來充實作品水準的○○○嘛。」

「不對吧，沒那種事。也有很多人是兼顧生活和創作……」

「可是，當人際性和創作擺到天平上時，創作人就是會毫不猶豫地選後者喔。」

「咦……」

她對我的話，產生了比平時還要厚黑的反應，還對我強烈抨擊。

「澤村絕對不會蠻幹、不會失控、不會胡鬧。即使面對能讓自己更上層樓的考驗，也會棄戰而歸……你是這麼說的吧？」

「詩、詩羽學姊？」

而且……抨擊和袒護的角色，也和平時相反。

這樣的學姊，比平時更沒道理。

「儘管這不關我的事，還是會覺得惱火呢……」

「惱、惱火什麼？」

「理應討厭澤村英梨梨的我，對於柏木英理的評價，居然比你這個應該最了解她的人要高得多──就是這荒謬的事實讓我惱火。」

「唔……」

畢竟，學姊這樣子……簡直像英梨梨的頭號伙伴嘛。

學姊好比英梨梨的瘋狂粉絲，對於其價值有最深刻的了解，還因為我……不對，還因為業界不肯認同那傢伙而氣得牙癢癢。

這不就像關注霞詩子的TAKI一樣嗎？

「我、我也……」

「怎樣？」

「我也覺得那傢伙，真的，很厲害啊。」

「那是指客觀而言，對不對？」

「……」

不知不覺中，詩羽學姊已經離開我旁邊，回到了對面的座位。

而我……被學姊那席話扎進心裡的我……

為了平撫紊亂的心情，我緩緩地啜飲咖啡。

「唔！」

……於是乎，這次又換成鮮奶油加小倉紅豆餡加霜淇淋加楓糖漿的毀滅性甜味，扎進了我的喉嚨。

※　※　※

From:　「澤村英梨梨」〈e-lily@○○○.○○〉

To:　「倫也」〈T-AKI@○○○.○○〉

Subject:　抱歉

Date:　Thu　○○　Dec　02:43

抱歉。今天沒進展。

坦白說呢。我有點遲疑。

昨天我也提過，這條劇情線的文體和走向都不同。最重要的是寫手想法不一樣。

……呃，因為是不同人寫的嘛，當然會這樣了。

這半年來，我都是配合霞之丘詩羽的文章在作畫，所以目前還整理不出頭緒。

雖然也試著畫了幾張，可是總覺得不滿意。

明明圖的筆觸和之前相同，跟文章搭在一起卻顯得不協調。

這種情形以前不太有機會碰到。完全沒辦法向前推進。

我到底是怎麼了……

啊，不過我還是會如期交稿！我絕對會設法處理！

再等我一天。到時我就會恢復一天兩張的步調。

※　※　※

From:　「安藝　倫也」〈T-AKI@○○○.○○〉

To:　「澤村英梨梨」〈e-lily@○○○.○○〉

Subject:　不要緊！

Date: Tue ○○ Dec 02:49

感覺妳是不是想得太多了？

責任感不用那麼重。原本就是我讓進度變得這麼吃緊的。

像平常一樣抱怨「畫不完都是你害的」比較像英梨梨喔。

即使是現在妳也做得夠好了，放輕鬆點沒關係。

有牢騷或者煩惱儘管說；進度卡住了就打電話給我。

就算大半夜打來也不要緊，反正我這邊也在趕工。

啊，不過畫技方面的事情我可不懂喔。

掰啦。妳今天先睡吧。

※　※　※

『對不……』

『對不起，倫……………也。』

『我沒有，遵守約定…………對不……起。』

※　※　※

「咦咦咦咦咦咦咦咦咦咦咦不會吧～～～～！」

到了星期四早上。

隨著令自己反感的慘叫聲，從床上跳起來的我，看見時鐘指著七點整。

對於沒有打工的這陣子來說，那算平時的起床時間，但眼皮和全身卻顯得沉重，醒來時的感覺實在稱不上舒服。

……唉，睡意直到黎明都沒來，就連派報的機車聲以及外頭泛白的光景也還讓我有印象，究竟睡了多久倒是個疑問。

「嗯～～……」

我之所以會如此，也是因為英梨梨那封郵件在字面上……

『然後是等級２。到這裡會開始自責。』

英梨梨信裡那幾句怯弱的話，彷彿就是在為詩羽學姊的預言背書，一直揮之不去。

「真是夠了，晦氣！」

大概是雙方說詞的負面吻合一直停留在腦海的關係。

多虧如此，我甚至做了不吉利的夢。

地點與情境都模模糊糊，台詞也聽得斷斷續續。

但即使如此，唯有兩點我可以篤定。

英梨梨在道歉。

我毫無作為地杵著不動。

結果，那完全跟當下的狀況重疊在一起，也讓我的胃倍感沉重。

難道那是暗示遙遠未來的夢？

或者……呃，雖然光想像就恐怖，不過那該不會是接下來正要發生於現在的……

「哪有可能啊……」

沒錯，不可能會那樣的。

從以往到現在，那傢伙從來不曾將截稿日放掉。

無論多苦惱、多難過，也肯定會在最後關頭做出妥協……

……不對，她都克服了問題，讓作品來得及出爐。

所以，這次我也信任她。

英梨梨會畫完的。

她才不可能對我這種人道歉。

「上學吧。」

就這樣，我甩了甩思路陷入鬼打牆的腦袋，將懊惱趕跑，然後換上制服斷絕寒冷的空氣。

相信在今天，這種低潮的狀況肯定會獲得積極改善。

然而……

※　※　※

「呼啊～～～」

「……安藝，你看起來很睏耶？」

「稍微啦～」

星期五午休。

啃著麵包當午餐的我一再打呵欠，同桌吃便當的加藤則是淡定度一如以往表達淡定的關心。

「所以呢，英梨梨有聯絡嗎？」

「…………」

「安藝？」

我再說一次，現在是「星期五」午休。

中間缺了星期四，並不是我忘記的關係。

只不過，昨天上課時我渙散得記不太清楚自己做過什麼。

「唔～～……她終於斷了音訊。」

「咦～～」

唉，而且因為這樣，沒什麼值得特別一提。

……不對，「沒什麼值得特別一提」這件事倒是值得一提。

『進一步是等級3，回信越來越慢。』

看英梨梨的症狀固定在惡化，我的話難免會變少。

「呃，那進度怎麼樣了？」

「所以從星期二晚上就沒有進展，完成到瑠璃劇情線為止。」

「啊～～」

換個說法，雖然我不會特地講出來，但是大團圓劇情線的事件ＣＧ仍然掛零。

如此一來不只是我，連加藤的話都變少了。

即使如此，要說到唯一值得慶幸的事情，就是昨晚我沒有作那個不吉利的夢。

……哎，畢竟每隔十分鐘就檢查一次收件匣的我根本都沒睡，當然不會作夢了。

「不過像這種時候，總覺得牙癢癢的呢。」

「妳為什麼會那麼覺得？」

「因為靠我們並不能了解英梨梨的煩惱，也無法給她建議。」

「咦……」

那個嘛，對我們來說算是理所當然過了頭，而且再清楚不過的兩難心結。

「畢竟英梨梨就是那麼超然的插畫家啊。」

縱使我們是遊戲的最高負責人和第一女主角……不對，正因為如此，我們只能從數據上得知英梨梨在最前線作戰的戰鬥能力。

我們無法從最真切的角度，去體會她有多厲害。

「英梨梨也沒有那麼了不起喔，畢竟她都願意和妳當朋友了。」

「安藝，你那樣除了岔題得有點遠以外，還把我跟英梨梨損到家了對不對？」

「要說的話，妳又不是因為英梨梨是個傑出插畫家，才跟她當朋友的吧？」

「是沒錯啦。」

「妳不過是察覺到，那傢伙只有外表裝飾得光鮮亮麗，其實根本不中用又完全沒內涵，才會放心跟她當朋友的吧？」

「那就不對了。」

即使如此，被加藤明確指出「岔題」的我，就是想賭氣裝成沒聽懂。

我將討論的方向越扯越遠。

然而，目前連我自己都還不知道，讓我這麼做的理由和衝動是怎麼來的。

「要不然，加藤妳為什麼會跟英梨梨那種人當朋友？」

「呃～～你不要故意拿我們兩個排高低然後留下禍根好不好？」

「不是那樣啦，加藤，一開始妳曾經對那傢伙適應不來吧？」

明明處於知道祕密的立場卻遭到威脅（第一集第四章），又毫無道理地被批評成表情沒特徵（第二集第四章），英梨梨與加藤的這段關係，打從雙方認識時就可以說是多災多難。

到了現在，她們幾乎算是彼此唯一的好友，人類還真是難以想透。

「啊～～說起來或許是耶……尤其是六天場購物中心（第二集終章）那一次。」

「六天場購物中心？加藤，妳也跟英梨梨去過嗎？」

「……啊～那是誤會。抱歉，安藝，那完完全全是誤會～」

奇怪，感覺加藤語氣平板過了頭，反而頗有角色性耶……？

「不過，關於那個嘛……說起來答案會很普通就是了，應該是因為，我到最近才明白了真正的英梨梨吧？」

「妳說的『真正的英梨梨』……是什麼樣子？」

「呃，鬧彆扭鬧得很直接，容易理解又不好相處……」

「我看妳說來說去還是把那傢伙看得滿低的吧，對吧？」

「而且，她一旦卸下心防，就絕對不會背叛對方。」

「…………哈哈。」

問了加藤問題還對她做出這種反應，我也覺得挺說不過去就是了……

可是，連我自己都不敢領教的誇張乾笑聲，就這樣自然而然地冒了出來。

「我說安藝……雖然，我不知道你們以前發生過什麼，但你要相信現在的英梨梨啊。」

因此，加藤注意到我的扭曲，難免也露出了比之前嚴肅點的表情，直直地盯著我。

「但是，那傢伙現在一樣在欺騙周遭的人耶。真面目明明是情色同人作家，還裝成大小姐，

隱瞞自己御宅族的身分。」

「但她快要瞞不住了喔？不管是御宅族的身分或冒牌大小姐的身分，都接近穿幫了耶？」

「哪會啊……」

那傢伙才不可能犯下那種平庸的失誤。

畢竟都八年了耶。

足以從小學三年級升上高中二年級的這段歲月裡，她都是用謊言來鞏固生活的耶。

「而且，原因似乎就是出在她跟我當了朋友。」

「什麼意思啦？」

「誰叫我怎麼看都和安藝是朋友，倒不如說像手下吧。」

「呃，我想妳也不用把自己貶得那麼低。」

說歸說，要想出其他合適的形容方式也挺費事，這部分我倒不會深究。

「所以，差不多會有風聲在猜測：既然英梨梨和身為安藝手下的我是朋友，那麼她應該也有和安藝接上線吧？」

怎麼會有那種三段式論述啊……

不只拿我跟加藤當八卦，還傳出那種類似陰謀論的風聲，豐之崎學園其實滿狗仔的耶。

「不過，那單純是臆測嘛。只要英梨梨一否認就會平息了吧？」

「並不會喔。」

「為什麼？先不管我們，普通的同學兩三下就會被她用花言巧語唬住……」

「不對，並不是風聲不會平息，而是英梨梨不會否認。」

「咦？」

「儘管她都是曖昧地笑一笑，將話題隨便帶過去……可是絕對不會說出口喔。」

「不說什麼？」

「她不會說自己和你一點關係都沒有……絕對不會。」

「……」

為什麼？

事到如今，才這樣，是為什麼？

反正，我們的確沒有關係吧……不是嗎？

「我想再過不久，你和英梨梨，肯定可以『真正』和好。」

妳不要，把那種話，說得那麼輕鬆……

「所以，我們現在絕對要為她盡一份力，好不好？」

我打從心裡，有多怨恨那傢伙……

而且我有多執著在那上面，妳都不知道吧？

加藤，就算妳是出於好意，我也會記恨的喔。

那會讓我變成既蠻橫又不講理，還明知自己在記恨的窩囊廢喔。

「要是星期六以前英梨梨沒跟你聯絡，我們還是去一趟那須高原好了。我記得搭電車要兩個小時左右吧？」

加藤的聲音，聽起來比以前更平淡。

「啊，安藝你在家待命會不會比較好？要是資料寄來了，你就可以立刻動工。」

不，不對。

單純是她講的那些內容，我無法聽進腦子裡罷了。

※　※　※

『對不起，對不起，小倫……我、我遵守不了約定，對不起。』

※　※　※

「～～～～！」

這次，我連聲音都叫不出來。

喉嚨裡彷彿塞了異物，又不能不吐之而後快的焦躁感，驅使我從床上跳起來，數位時鐘在昏暗中發亮顯示的「04:00」頓時跑到眼前。

日子，當然已經來到星期六。

換句話說，離母片送廠壓製，只剩下一天。

「呼、呼、呼……」

喘過頭的呼吸，和汗濕黏在身上的睡衣都讓我不舒服。

原本我應該還在熬夜等聯絡，卻不知不覺地睡著了，狀況頗尷尬。

「那是……」

更重要的是，再度作的「那個夢」所含的真正意義，讓我醒得很難受。

英梨梨在道歉。

我毫無作為地杵著不動。

不會錯，那個夢和兩天前夢到的內容相同。

然而這一次，地點和情景我都明確地「想起來了」，台詞也清楚聽見了。

換句話說，那並非在暗示遙遠的未來，也沒有指出正要發生的現在……

「水……」

我打開枕邊的寶特瓶，一口氣將水灌進喉嚨。

然後我使勁甩了甩頭，斷然將那個夢視為雜念，從記憶中趕出去。

畢竟，現在得思考的其他事情像山一樣多。

因為離母片送廠只剩一天……簡單說，來到遊戲資料交貨日的前一天了。

目前還沒完成的，是整整五張大團圓劇情線的事件ＣＧ。

相反的，其他部分已經全部完成……

成品的有無一釐清，我要下的判斷就顯得很簡單。

同時，也顯得十分困難。

『把大團圓路線砍掉直接交貨』。

把我注入心血、詩羽學姊也肯認同的，那份既歡樂又稚拙的靈魂劇本，當成「不存在」……

只要把我和詩羽學姊一起熬過的失心瘋週末倒回去，我們的遊戲，現在立刻就可以完成。

其實，在昨天，我已經把那個暫定版本的母片做好了。

所以只剩做出取捨，到壓片廠交貨，我們的冬COMI作品就可以告成。

既然如此，我該選的路是……

一、把大團圓路線砍掉直接交貨。

二、不，還有一天時間。

若是選一，大概就有普通等級以上的結局。

然後，假如在目前階段選了二……

一、前往那須高原，逼英梨梨……不對，協助她完稿。

二、相信英梨梨繼續等。

我就必須做出，這個以遊戲攻略來說很簡單，實則艱難的抉擇。

「……去洗個澡吧。」

不過在這種大半夜兼剛醒來的狀況下，我根本沒自信做出抉擇，便脫掉了汗濕的T恤，準備逃出房間。

「……咦？」

只是在那之前，最近已經把檢查郵件當習慣的我，卻動了先看過收件匣再說的念頭，當真是氣數已盡。

※　※　※

From:　「澤村英梨梨」〈e-lily@○○○.○○〉
To:　「倫也」〈T-AKI@○○○.○○〉
Subject:　（無主旨）
Date:　Thu　○○　Dec　04:00

今天，我看了海。不再覺得害怕。

※　※　※

「英英英英英英英英英英英梨梨～～～～！」

這不是吐槽栃木並沒有面海的時候了……

※　※　※

「我是在想，倫也你應該快面臨困難的抉擇了。」

「光因為那樣妳就要寄那種讓人身心發寒的信嗎！」

時刻是星期六，凌晨四點十分。

簡單說，我在看到那封信以後急急忙忙打了電話過去，結果連一聲都還沒響完英梨梨就接起來了。

「話說回來，有事妳就直接打手機啦。寄信也可以寫一句『回電過來』不就好了？」

「那樣子不就會讓你以為是我寂寞得忍不住嗎？」

「唔……」

冷靜，我要冷靜。

但求今日之我，更勝於昨日之我……！

「……所以妳那邊怎麼樣了，英梨梨？」

「嗯，現在在下雪。外面從昨天就一片白，很夢幻喔！」

「……那真似太好了。」

咬緊牙關的我，連「是」這個字都發音走調，只能故作平靜地回答英梨梨那句不長眼的台詞。

畢竟英梨梨在電話另一端的語氣聽起來既活潑又開心，絲毫沒有沉重感，讓我不得不花上吃奶的力氣裝平靜。

「不好意思，在妳忙的時候打岔，能不能告訴我目前原畫的進展狀況？」

但我是製作人兼總監。

避免讓創作人的工作動力滑落，才是第一要務。

所以，舉凡「妳以為我有多擔心！」、「哦，您過得真是愜意自在，都不知道別人多辛苦呢」、「喂喂喂，我是小倫。現在就在妳背後」這些話，都不能說出口。

「呼，這個嘛……我想大概來得及。」

「真、真的嗎！」

然而，大概是我低聲下氣換來了回報，英梨梨給的答覆，在我預期的各種套路當中算是非常正向的。

「其實呢，我昨天靈光一現，想到了好主意。」

「哦，這樣啊！」

難道她沒跟我聯絡，是因為之前忙得正來勁，其實累積的稿子幾乎都到齊了？

「之前我畫角色和背景，不是都會分別開圖層嗎？」

「畫遊戲的原畫，當然會那樣啦……」

「可是，我也有參加美術社對吧。大概是因為那樣，把角色和背景分開來，作畫時感覺就是不太對。」

「是、是喔……？」

「總覺得就是不協調嘛，好像在一塊沒有人的風景裡，把原本待在其他地方的人貼上去……那也難怪啦。畢竟，實際上就是另外貼的啊。」

「……英梨梨？」

然而，英梨梨講出來的話，不知為何卻讓我背後竄上了冷森森的寒意。

「所以我改變了想法……說起來，油畫和水彩畫根本就沒有圖層啊。」

「……妳等一下。」

「在一張圖當中，還是應該讓人物和景色互融，才能發揮相得益彰的效果……」

「我叫妳等一下，英梨梨！」

「嗯？怎樣，倫也？」

英梨梨講話的語氣和內容，都熱情得讓人覺得不妙。

她轉換既有的思考方式，想出了新主意，對那樣的自己興奮不已。

「妳說那些是指……要從現在改變畫法？」

「是全套作法都會換掉喔。先拿畫具畫圖，再用彩色掃描器掃進電腦，然後以那個當基礎來進行上色……」

「……那不是多此一舉又浪費時間精力，外加趕鴨子上架嗎？」

「行得通行得通！哎，可能只有我做得到就是了，啊哈哈。」

「英、英梨梨？」

而且，她完全不顧風險，只堅持要往前衝。

「啊，那樣確實會跟以往的CG變得筆觸不同。不過，均衡方面不會有問題。反正，大團圓劇情線打從文章本身就無法和其他篇章取得均衡了嘛。啊哈哈哈哈。」

「唔？」

我打了哆嗦。

目前的英梨梨，並不是單純變得開朗，也不是在強顏歡笑。

「所以囉，我想立刻動工。現在的雪景正美。你想嘛，大團圓劇情線的結局沒有指定季節，畫成冬天也可以吧？CG景色裡出現積雪也沒關係，對不對？」

「在那之前，英梨梨，拜託告訴我一件事情。」

「怎樣啦，我好不容易才High起來的耶……」

沒錯，英梨梨目前High過頭了。

以某方面來說，整個人都壞掉了。

好比陷入出神狀態的詩羽學姊那樣……

「那現在，妳的圖畫好幾張了？」

「我說啦，現在才要開始畫。」

換言之，目前依然是零張……

「然後，妳接下來要做什麼？」

「所以我要用畫具畫圖啊，然後再……」

「從現在起，畫五張？」

「不確定。可是最少會交五張出來，所以放心吧！」

在截稿一天前，ＣＧ張數仍未定，妳要我怎麼放心？

還有，這傢伙剛才還講了其他無法忽略的話耶。

『ＣＧ景色裡出現積雪也沒關係，對不對？』

喂，妳打算在哪裡作畫啊，英梨梨……？

「那樣太胡來了吧……」

「我辦得到！」

「唔？」

英梨梨，已經變得和過去的她，完全不同了。

『只要倫也肯期待，我就辦得到……』

難不成，那就是創作人打算將我以前一直疾呼「還不夠」、「不厲害」的某種要素拿到手時，所展現的進取面貌？

難不成，那就是劇本家霞詩子縱使壞話說盡，仍然熱切希望見到的……插畫家柏木英理的終極進化型態？

可是，我……

「我明白啦……可是，妳不要，太勉強喔？」

「怎麼了，倫也？你在講什麼？」

「沒事，反正就算來不及，我這邊也會想辦法處理。」

「萬一來不及……你要怎麼處理？」

「總之，到時候就把大團圓劇情線拿掉……」

「不可以！我不接受！把那丟掉可就不妙了！」

「英、英梨梨？」

「欸，倫也，我老實告訴你喔。我不會說第二次喔，一輩子都不會再說喔！」

「我最喜歡的……就是你寫的這條劇情線！喜歡得不得了！」

「咦！」

「明明文筆差勁透頂，明明劇情結構亂七八糟，明明讀起來超不親切，卻讓我大受感動！還高興得哭出來了！讀了覺得好幸福！」

「呃，那個……」

「我終究是追求快樂結局的無腦玩家……和你一樣。」

「……嗯。」

從英梨梨以往的態度，難以想像她會那麼讚賞，即使如此，唯獨這次我一下子就理解了。

因為我們是吃同一鍋飯……不對，看同一塊硬碟的動畫一起長大的心靈同伴。

「所以我會畫的，我會畫……雖然拘泥得太多，才拖到這麼晚就是了。」

「這樣啊。」

「要等我，倫也……在明天以前，我絕對會交出超棒的畫作！」

這麼慷慨激昂的英梨梨，我從來沒見過。

這麼熱血、感動又讓人鼻酸的話語，我從來沒聽英梨梨講過。

即使如此，我還是……

「明天，要不要我過去一趟？妳有沒有什麼需要的東西？」

「你別來！」

「唔……」

「……可是，我想見你。」

「到底是怎樣？要不要我過去？」

「誰叫你要打電話過來……」

「還不是因為妳……」

「你讓我聽到聲音，不就害我忍不住寂寞了嗎？」

「…………」

果然，英梨梨現在亢奮得不太對勁。

彷彿發了高燒。

彷彿忘了自己的定位。

「所以，給我一項補給品就好。」

「我明白了。妳想要什麼?」

「給我鼓勵。」

「咦……?」

而且,彷彿回到了八年前……

「像你,對霞之丘詩羽做的那樣。

像你,對冰堂美智留做的那樣。

像你,對波島出海做的那樣。」

「說我絕對辦得到。

說我其實很厲害。說我是天才。

跟我說,就是因為這樣,所以我絕對會贏。」

「英梨梨……」

電話另一端的聲音中斷了,只剩下,略顯用力的呼氣聲。

然而那陣沉默,感覺不像在後悔自己說過頭,也沒有對自己難為情的台詞感到害羞。

似乎，只是打從心底在等待我這邊的反應。

似乎，只是一味地等待著自己希求的東西。

如她話裡所說的，似乎正等著，我的鼓勵。

既然如此，我非得回應才行。

我必須用真心，來對抗英梨梨那樣的真心。

『我明白了，妳給我畫……

努力畫，拚命畫，無所保留地畫！

一天五張。不，十張，就算一百張也行，給我把圖畫出來。

先說清楚，不是畫了就好喔？

因為在合力作業中最重要的，是期程。

還有對創作人而言最重要的，是品質。

所以妳就算賭一口氣，也要兼顧那兩點。

按照期程，用最棒的品質，將出色的畫作趕出來！

將以往妳畫不出的東西……

將別人也畫不出的東西，在轉眼間畫出來給我看！』

所以，我心裡冒出了那麼多的話。

連自己都覺得蠢、都擔心會不會嚇壞對方，御宅族平時那種沒營養的戲言，明明就冒了這麼多出來。

「嗯，是英梨梨……就辦得到的。」

而我卻……

「所以，照著妳想做的去做吧。做完以後，剩下的我來想辦法。」

我卻把平時說不完的廢話，通通省略了。

我選擇把話篩選。

我忘了，自己的熱情……

這算什麼？你真的是安藝倫也嗎？

難道說，腦子出問題的不是英梨梨，而是我……？

「嗯，我懂了。」

英梨梨再次傳回來的聲音，有種溫柔的感覺。

對我好聲好氣的她，彷彿並不是澤村·史賓瑟·英梨梨。

「我要拚囉，倫也。」

「嗯……」

可是，從溫柔語氣流露出的決心，到底是堅強的。

對於我的軟弱，她根本不為所動。

那使我醒覺過來。

其實，英梨梨已經不需要借助我的力量了。

她才不是沒有我，就什麼也辦不到的柔弱女生。

……不對，那種事我明明在好幾年前就明白了。

「……拚囉。」

「英梨梨！」

最後的一聲呼喚，並沒有傳到英梨梨那裡。

迎接我的，只有通話結束後的電子音效。

第五章　在**本作中**，這大概是**最短**的一個**章節**（暫定）

然後，到了星期日。

時間是晚上八點多。

「結束了……大團圓劇情線全部畫完了喔，倫也！」

「英、英梨梨？」

英梨梨為我們社團帶來最後的福音，剛好是在上次那通電話講完四十小時後。

「草圖、線稿和上色，我全在一天半以內做完了！而且是七張喔！怎麼說都是史上第一次！自我新紀錄！已經無可超越！應該說，我絕對不想被超越！」

「呃，先等一下，妳……」

「啊，抱歉倫也。所以CG從原本的五張多了兩張。不過你想嘛，所有角色在最終決戰集合的那一幕，總不能不畫吧？再說那張構圖也可以和最後一幕的集合圖做對比性演出。」

而且，經過四十小時的現在，英梨梨依舊亢奮過頭。

「因為這樣，你那邊的工程會多一點點……剩下的你會設法對不對？」

可是現在的英梨梨，明顯和一天半以前不同。

「那麼，我現在用郵件把檔案寄過去喔。啊，不過以尺寸而言，全部用附加檔案來寄會不會有困難啊……？」

「英梨梨。」

「怎麼辦？要分成一張一封信嗎？啊，還是找個免費的上傳服務來用……」

「英梨梨！」

「怎樣啦？倫也，你從剛才就在鬼叫什麼？不用吼那麼大聲，我也聽得很清楚……」

「妳有沒有量體溫？」

「啥？」

畢竟，喂……

妳那沙啞得不得了的聲音是怎麼回事？

「妳覺不覺得頭很燙？腦袋有沒有昏沉沉？身體會不會不舒服？」

「你在說什麼啊……我沒事呀？」

「可是妳……」

「沒什麼可不可是的啦，這些……當然都是……爽快成就感……帶來的……疲倦……」

「啊……」

對我來說，那時候是頭一次。

頭一次見識到這麼適合用「斷電」來形容的瞬間。

「……奇……怪？」

「英梨梨……？」

忽然間，英梨梨的亢奮度和講話音調，從天上一舉落到了地表。

「總覺得……好冷。」

「英、英梨梨？聽好，先冷靜下來。妳現在，是在房間嗎？」

糟糕……這全都是我害的。

我害英梨梨察覺了。

她察覺了，自己目前真正的身體狀況。

光靠腦內啡活動的虛勢，走向終結。

「房間？這裡……算房間嗎？奇怪，不過有暖爐耶？為什麼？」

「那是因為，妳在那須的別墅啊……」

「啊～～對喔……那麼倫也，你什麼時候過來？」

「不對吧，妳自己叫我別過去的……」

「我才沒那樣說呢……畢竟，我們不是約好了嗎？」

「妳剛才說，我們約了什麼？」

「等放暑假，要一起到我的別墅，然後抓昆蟲啊。」

「咦……？」

「我們老是在玩電玩遊戲，偶爾也要去外面玩……是倫也你自己說的喔？」

不妙……

這下真的糟糕了。

「英梨梨……現在立刻掛掉這通電話。」

「咦～為什麼～？」

滿載著嚴重心靈創傷的既視感，衝上了我的背脊。

「然後，趕快叫醫生。先說清楚，不是我這邊的喔。找你們家在那須高原的專屬醫生。」

「你好誇張喔，沒事的啦……等明天……發燒啊……就會退了～」

「妳果然發燒了不是嗎！從什麼時候開始的！」

我對自己沒有信任昨天的負面直覺，感到很後悔。

「沒事啦……小倫。」

「唔！」

我對自己沒有深究那個不可思議的夢有何含意，感到很後悔。

「人家……完全……不要緊……的啦……」

「英梨梨！」

「到明天……我們……一定要……一起……玩……」

「笨蛋！快醒來！英梨梨！小英梨梨！英梨菇！」

最後的一聲呼喚，並沒有傳到英梨梨那裡。

只伴隨著「磅」的聲響，聽起來似乎有什麼東西垮了，通話器另一端的聲音就此中斷。

第六章 英梨梨特殊劇情事件 之二

『唔……嗯？』

當英梨梨一醒來，率先侵襲的是喉嚨的劇烈疼痛。

接著則是鼻腔內的燥熱、口中乾渴的異樣感，腦袋昏昏沉沉。

與平時全然不同的身體狀況令視野狹窄，等眼前總算豁然開朗，出現的是整片陌生的天花板。

……不對，那是這幾天才開始看習慣的天花板。

『……好久沒有出這種狀況了。』

直到英梨梨理解自己目前身體有多糟，才終於回想起這一個星期多的來龍去脈。

她陷入剩下一星期要趕著完成十張原畫的截稿危機。

為了打破那危急的處境，就把自己關到了那須高原的別墅。

搬進大量儲糧及燃料，確保電力、瓦斯、自來水及所有物資充足，一頭栽進整個星期只管拚命畫、努力畫、畫到天昏地暗的生活。

起初進展很順利。

她用一天兩張的步調完稿，還樂觀看待照這樣不用等週末就能回東京。

然而，她畫到倫也編寫的「大團圓劇情線」時，卻對自己的畫產生了不對勁的感覺。

一旦心生疑惑，無論怎麼切換思路都無法將其甩開，到頭來，便停工了整整兩天。

於是，剩下一天半還有五張要畫的她，被迫追求自己未曾達到的速度。

……可是，英梨梨卻冒出靈感了。

比以往更加地費工夫，在以往從來未曾嘗試過，而且，說不定能夠讓她打破以往窠臼的禁忌畫法。

因此英梨梨做了抉擇。不對，她並未取捨。

「畫自己能滿意的圖；用自己能滿意的手法；同時，還要發揮出倫也及社團要求的速度」——她選了爭取一切的路。她沒有選擇將任何一項捨棄掉的路。

在那之後的記憶都模糊不清。

包括自己畫了什麼、成效如何、完成幾張都說不準。

基本上，英梨梨連那是幾天前的事也不確定……

『……五點鐘？咦？』

她拚命撐起不太聽自己使喚的身體，然後看向枕邊的時鐘。

星期的部分顯示著：Ｍｏｎ。

至於窗外，只有黑與白。

只有漆黑與白雪。

因此，現在大概是星期一的凌晨五點。

離截稿日過了約半天的深夜。

『啊、啊、啊啊啊……！』

英梨梨在從床上跳起來的同時，遭受比之前更不舒服的寒意及噁心侵襲。

不過，那並非因為離開溫暖的被窩讓她覺得冷。

而是來自焦躁、後悔及絕望的精神打擊，造成了那些不適。

『東西沒寄出……！』

英梨梨總算想起來了，包含她自己在最後講出的台詞。

她想起自己想趕上截稿時間，結果卻沒能趕上。

她想起好不容易完稿的最後幾張圖，並沒有送到在東京等著的倫也手上，這般致命性的錯誤。

『要趕快、趕快把圖寄出去……母片來不及……！』

為什麼自己會倒下？

為什麼自己會睡著？

為什麼就只有自己，沒幫上倫也的忙？

『倫也……倫也……！』

發燒、疼痛和鬆弛感，讓她連起身都無法隨意。

即使如此，英梨梨甚至忘了要取回冷靜，只顧拚命掙扎。

她要到電腦旁邊，寄出郵件，和倫也聯絡，趕現在讓遊戲完成……

『……好痛！』

『……咦？』

然而，神明彷彿在作弄焦急的英梨梨，對她使了個天大的壞心眼。

因為踏出第一步的她，發現腳底下……

『痛痛痛痛痛……妳剛才使勁踩了我一腳對吧？英梨梨……』

『咦、咦……？』

有倫也躺在那裡。

而且，地點是那須高原，澤村家的別墅。

英梨梨就寢的這間臥室裡。

真，第六章　這次……這次總該插旗了吧！（？？？）

「嗨，倫也同學。抱歉我來遲了。」

從那（第五章）之後還不到一小時，時刻為星期日晚上九點前夕。

有輛車俐落地停到了我家前面，隨後俐落下車的，是莫名其妙地對我這男人俐落伸出手的另一個男人。

「那我們走吧？飆高速公路應該可以在日期改變前趕到。」

「不，你等一下，伊織……」

格外入耳的美少年嗓音令人不爽。格外做作的一舉手一投足都令人火大。格外有型的長相、體態及裝扮則令人想出腳踹飛。

如此德行的褐髮仁兄。

他就是在同人界營運最強等級的社團「rouge en rouge」，身兼中學時期好友兼目前天敵的波島伊織。

同時，也是我可愛學妹波島出海的不可愛哥哥。

「沒什麼時間等你耶。我這邊在隔天早上非得回東京，要趁早出發才行。」

「你說出發……是要去哪裡？」

「真討厭，不是你自己提的嗎？要去那須高原拿原畫啊。」

「慢著慢著慢著！你等一下！」

那樣一名同人投機客……不，那樣一名邪惡的對手，用了依然像是在作戲的舉止，將我這邊的狀況天花亂墜地說得跟故事一樣。

「我又沒那樣講！去的理由從基本上就錯了，該去的人也不包括你，再說我只是求你借我錢而已！」

是的，我確實聯絡了伊織。

在英梨梨那通讓人充滿不安的電話斷掉以後，我為了立刻趕去那須高原，就做了最低所需的準備，也確認過還有電車班次能到那須鹽原才出門。

可是，走到第三步，我就發現自己缺少從那須鹽原到澤村家別墅的交通手段……簡單說就是沒計程車錢。

因此，向伊織低頭的我只是想商借幾萬圓當計程車費……

「對了，我來介紹。這位姓江中，本行是會計師，在我們社團幫忙處理稅務方面的工作。」

是的，伊織派了一輛附司機的ＢＭＷ到我家。

「然後，江中，這位就是我剛才提到的安藝倫也同學。我們的天敵。」

「啊，你、你好……我叫安藝。」

在伊織介紹下默默點頭的江中先生，是個身高略矮，穿著筆挺黑色西裝，瀟灑地帶著軟帽，將長髮梳到後面綁成一束，有點看不出年紀且帶著漂泊味的大哥。

「倫也同學來電時，我們社團正好在商量店鋪寄賣的事情。當時在場的江中就說可以出車幫忙。」

「不、不過，那樣太麻煩他了……」

「搭電車和計程車，轉車時也要花時間吧？再說要是錯過末班車你怎麼辦？我倒覺得這時候乖乖接受我這邊提出的方案，會比較明智喔，你認為呢？」

「咕、咕唔唔……」

沒有錯，伊織的話有道理。

再者，哪怕他是死對頭，我對如此親切的提議也不得不說聲漂亮。

在自己社團裡根本沒有大人能拜託的我，只剩低頭一途了。

不過，伊織啊，即使如此還是容我說一句……

成員中居然有開ＢＭＷ的會計師，你那社團到底是多大的企業啦！

※　※　※

「原來如此，她一個人待在那須高原的別墅。而且似乎得了急病嗎？」

車一開動，和我並肩坐在後座的伊織，就將我們社團目前發生的狀況仔細地從頭問了一遍。

而我其實不想講，卻又覺得自己給這傢伙添了多少麻煩，就應該告訴他多少……

於是乎，光是讓他們開車送我從東京到栃木，我發現自己幾乎得交代出所有事才符合道義。

「那麼，你跟澤村同學家裡聯絡了嗎？」

「之後我會的。」

「比方別墅的詳細地點、進門的方式，你心裡都有底了？」

「……抵達那裡以前，我一定會打電話給她的家人。」

結果，不得不說的屈辱反倒幫了我，感覺又更屈辱了。

畢竟這傢伙在處理實務方面超有才幹。

想得出許多盲點，安排又周到，而且不同於某人的是他不會強迫推銷。

……所以既有女人緣又令我火大。

「啊，然後我還有一件事要請教。」

「你又想問什麼？」

「這個嘛，大致上就是問柏木英理的身高、體重、三圍吧？」

「你這傢伙——！」

※　※　※

「久等囉，東西差不多買齊了。」

「……喔。」

「換洗衣物和內衣褲一類是江中幫忙挑的。哎，總比讓我選像樣吧？」

「……嗯。」

「總之整套藥品都有了……感冒藥、退燒藥還有營養果凍等等。不過到了那邊我想還是請個醫生看看比較好喔。」

「……我明白。」

「好啦，那麼出發吧。雖然錯失了一點時間，不過也沒辦法。」

「……抱歉啦。」

「嗯？怎樣？我聽不見耶～～倫也同學？」

「剛才誤會你是我不好啦！感謝你這麼貼心！」

晚上十點前夕。

我們搭的車，正停在離交流道稍有距離的購物中心停車場。

剛從購物中心回來的伊織和江中，正陸陸續續地將印有松〇清和思〇樂（註：日本的松本清連鎖藥妝店以及思夢樂連鎖服飾店）商標的購物袋提進車子裡。

……完全沒想到要準備女性日用品或藥品的我，則是被撇在一邊。

「哎，等車子開到那裡時，店八成都打烊了，根本來說我們也不確定那須的交流道附近有沒有商店。」

「……多謝你幫忙。」

伊織真的幫上了大忙，我實在很不甘心。

像他這樣面面俱到，即使不是女人說不定也會被迷住。

不過他買來的東西肯定都是以消耗品為主。絕對沒錯。

「話說這次被你拜託，我還滿高興的喔，倫也同學。這讓我想起國中時期呢。」

「聽好了，伊織……我會拜託你，是因為在我認識的人當中，你的手頭似乎最方便。不然誰要求你這種人……！」

「……那些話，你還是留到得救以後，等所有事確定告一段落，再當成忘恩負義的台詞撂給我聽比較好喔！」

用不著伊織來說，我也知道自己是在嘴硬。

畢竟目前看來，我徹底敗給了這傢伙，敗給「rouge en rouge」。

這種狀態下還要在冬COMI較量，會讓人笑掉大牙。

既然如此，我……

就算再寒酸，我也要盡自己所能，給予最大的回報……

「欸，伊織。」

「怎樣，倫也同學？」

「這是我打從內心的忠告。麻煩你認真聽。」

「嗯？好、好啊……」

從敵人那裡收到的鹽，不盡量還一些可不行。

※　※　※

「……因為如此，要是不在三天以內將這段故事告訴五個製作人，你聘的創作人百分之百會跑掉，所以你可要小心喔！」

「……倫也同學，你真的有把我剛才所說的聽進去嗎？」

所以，我把詩羽學姊傳授的貴重情資，毫不保留地教給身為敵人的伊織了。

好，這樣我們就互不相欠。

※　※　※

「話說回來，總覺得這次的事讓你失去本色了呢，倫也同學。」

「就算你那麼說，誰能想到原畫家會病倒啊？」

晚上十一點多。

車已經穿過東京都內，開上了東北自動車道。

和都內時相比，車裡的溫度也下降了三度左右，讓我們了解離目的地已經不遠了。

「是嗎？換成平時的你，應該能彌補這點程度的意外喔。向同伴求助或多方交涉，都是解決的方法啊。」

「我不像你那麼機靈又冷靜。」

此時，沉默好一陣子的伊織，開始嘀嘀咕咕地責備我了。

「也對，你和我確實不同。處事絲毫不精明，尤其容易一頭熱。」

「你懂的話何必談這些……」

「正因為如此，你在面臨絕境時才會發揮出我根本料想不到的手腕，並且一路支撐到現在，不是嗎？」

「……咦？」

「我聽出海提過囉……劇情總量超過２Ｍ。配樂不只超過三十首還附演唱曲。還有原畫要是能完成，據說光劇情ＣＧ就超過一百張，對不對？」

「那個……以結果而言只是內容變多了，要講的話都是我管理能力不足才造成的。」

「正常來講，像那樣是會讓企畫瞬間停擺的喔。玩票性質的高中生社團，我還真不知道都在做些什麼。」

「我們才不是玩票性質……」

「沒錯，你總是認真得讓人難以置信。可是這次又如何？」

「唔？」

對，儘管伊織那些話確實是在責備我……

但是，他斥責的角度，跑到了我料想未及的方向。

「你目前，等於什麼也沒做。」

比如決定劇本時，我是怎麼做的？

從大綱階段就和社團成員（詩羽學姊）展開激辯，劇本完成後又要求重寫，最後更是三日未眠，不惜自己動筆將內容完成。

「冬COMI迫在眉睫，你卻沒有認真面對。」

比如決定配樂時，我是怎麼做的？

為了說服遲遲不肯入夥的社團成員（美智留），我不惜兼任樂團經紀人也要拖對方參加。

「這樣並不像之前的你，倫也同學。」

然而，決定原畫時……

蠻幹胡來的，是社團成員（英梨梨）自己。

不僅如此，我甚至沒有像往常那樣，轟轟烈烈地陪著蠻幹。

「倫也同學，其實呢，現在不是你趕去那須高原的時候。那應該交給其他成員處理，你自己則要在家裡堅守到母片完成為止。」

加藤明明曾向我提議。

她說過願意到英梨梨那邊。無論要探望或督促原畫完成，她都願意盡一份心力。

她還說過彼此是女生，在許多部分應該都比較方便。

「你為什麼沒有那樣做？你為什麼要在最後關頭放鬆？你現在，心思究竟都放到哪裡了？」

原來，我現在並沒有付出努力嗎？

為了冬COMI，為了社團。

難道，我正在否定自己這半年來花的工夫……？

「那是因為……生病本來就沒有辦法吧。」

「但你沒有採取最佳的措施。照過去的你，應該會同時挽救遊戲還有她才對。」

「可是英梨梨正在痛苦啊！」

「我說了，那可以拜託其他同伴去處理……」

「不行……我不能為了那種任性的傢伙而給大家添麻煩。」

畢竟，那傢伙是一個人擅自離開的……

她擅自決定閉關，擅自拚命趕工，還擅自倒下。

「可是社團裡的所有人都是同伴吧。大家相互扶持有什麼不好？」

「我說不行就是不行啦！」

誰叫詩羽學姊和英梨梨的關係超惡劣。

美智留也受到英梨梨單方面討厭。

至於加藤……呃，就那個嘛，誰叫我以前為自己方便，對她呼來喚去過了頭……

「倫也同學，在我看來呢……感覺你只是想獨占柏木英理，不對，你只是想獨占澤村英梨梨而已喔。」

「說什麼蠢……！」

如果我能像平時那樣，來一句樣板化的傲嬌式否定，或許就可以躲過伊織的追究。

然而，此時的我已經連玩梗或打死否認都做不到了。

我只是沉默下來，給了伊織將推測轉化成篤定的空檔。

※　※　※

「那麼，我們差不多要回去了。」

「……嗯。」

凌晨零點三十分。

那須高原，澤村家的別墅前。

我們用了備份鑰匙進屋子，將買來的物資搬到裡面，另外，也做了簡單的處置，於是在總算歇下一口氣的時候，伊織和江中就連忙回車上了。

「還有，醫生那邊聯絡到了嗎？」

「對方說立刻會過來看診。搬出史賓瑟的名字就一次OK了。」

「啊哈哈……到一般社會上的話，我們當中沒人比得過她。」

總之，料想中最糟的情況已經避免掉了。

英梨梨就留在屋子裡。

不過，那並不是料想中最佳的情況。

英梨梨病倒了。

她連床鋪都走不到，人倒在房間中央為夢魘所苦。

「欸，倫也同學。」

「怎樣啦？」

「還不要放棄喔。」

伊織上了車，引擎點火發動。

然而在出發前，他和江中嘀咕了些什麼，然後就拿起便條紙寫下疑似電話號碼的玩意兒，將那遞給我。

「這個是……？」

「剛才，我試著聯絡了我們社團發包的廠商。對方果然也說接件的期限過了，不過勉強可以等到今天中午為止。」

「伊織……？」

這是怎麼一回事？

「聽好了，倫也同學……在那之前，你要設法將東西完成。」

之前，我是怎麼評價伊織這個人的？

「你可以在這裡做好母片再搭頭班車回東京，也可以聯絡其他成員在東京完成母片，現在立刻動工的話勉強趕得上吧？」

記得是——他會十分乾脆地將人分類成「用得上」和「用不上」對吧？

而目前的我，即使自己看來也是個派不上用場的傢伙，還跟伊織互為死對頭。

「……對不起，伊織。」

「沒關係啦。能用錢和政治手段解決的問題都不算費力……掰囉。」

可是，為什麼他肯這樣對我……？

凌晨零點三十五分。

那須高原，澤村家的別墅前。

一直到下山的車燈變得開不見為止，我始終低著頭。

「…………對不起，伊織，對不起，加藤，對不起，大家。」

那是感恩、也是謝罪……

更是我對自己接下來要犯的另一項過錯，所懷有的懊悔。

※　※　※

「是波島，送你來的……？」

「嗯，差不多啦。」

於是，到了凌晨五點多。

英梨梨終於醒來，不知不覺中失去意識的我也總算醒來。

所以，我一點一點地跟她說了之前那些事。

從英梨梨昏厥到我抵達這裡，短短半天內發生過的事。

「那傢伙……進了這間屋子……？我在這裡……都把畫隨便亂擺的耶。」

「沒有啦，那傢伙也曉得要尊重隱私，算起來都是另一位司機在幫忙。」

結果，被我推回床上的英梨梨，現在正用棉被遮著半張臉望向我這裡。

依然燒昏頭的她，講話仍顯得結巴，咬字有些不清不楚。

我總覺得，自己並不是跟「現在的」英梨梨在講話。

「話又說回來了，你家爸媽還滿薄情的耶。」

我在來程途中和澤村家聯絡時，伯母剛講完鑰匙位置和當地醫生的聯絡方式後，只添上一句「小倫要加油喔♪」就立刻掛斷了。

「我都已經讀高中了嘛。再說這裡是我們家別墅，會那樣很正常啊。」

「是喔……這算正常。」

對讀高中的英梨梨，關心到這樣就夠了。

原來，澤村家的人都有成長呢。

沒長進的，只有我而已……

「那麼，醫生是怎麼說的？」

「說妳八成是得了流感。」

「……真的假的？」

「嗯，暫時不能回去了。」

英梨梨當時沒恢復意識所以無法做詳細診斷，不過對方掛了挺負面的保證，認為燒到三十九度幾乎不會錯了。

原來身體一虛弱，連繭居族都會染上流感病毒啊……

「不會吧，簡直糟透了，原畫好不容易才完成的耶。」

「對啊。」

既然如此，英梨梨在完全康復前大概都只能繼續住這棟別墅了。

第二學期已經確定沒辦法回學校。

「唉唷～好不容易完工，我本來還打算看累積的動畫，把年底商戰的新遊戲買個過癮，再到網咖舉行二十四小時馬拉松上網的說～」

「動畫在這裡看就好。還有網購的收貨地點從妳家改成這裡怎麼樣？」

至於網咖嘛，我管不著。

「真是的，之後預定要做的事全亂了。再說照這樣的話，等到病終於養好了，馬上又要面對冬COMI……啊。」

「呃，妳想吃什麼嗎？要不要我煮雜燴粥？」

「……母片呢？」

「…………」

終究，還是到了這一步。

儘管我希望英梨梨的頭可以昏久一點。

儘管我希望等心裡整理好再提這件事。

「我的畫，你看過了嗎？」

「有。」

「……怎樣樣？」

「嗯……七張都ＯＫ。」

「真、真的？」

「對，沒有任何一張要重畫。這樣素材就全部到齊了。」

其實，那些圖的完成度何止是ＯＫ。

但現在，我既無意義也無資格談那些。

「那麼，遊戲完成了嗎？」

「…………」

「……倫也？」

英梨梨硬是撐起搖搖晃晃的身體，面對面地望著我。

我默默地伸手制止，想讓她再度躺回床上。

「妳現在只要顧著把病養好就可以了。」

……我打算盡全力掩飾。

「既然你會在這裡，表示都沒有問題了吧？」

然而，我的徒勞無法影響英梨梨。

「你有把我的圖加進遊戲裡，也做完測試，然後交貨了對吧？」

受不了，每個人都一樣……

「我將圖……完成了喔。」

英梨梨、伊織、還有加藤都一樣。

你們為什麼，都把我想得那麼萬能啊……？

「難道說，你……」

英梨梨朝我的臉默默地望了十秒左右，接著才嘀咕那句話。

可是，她在那十秒內的表情轉變，沉痛得讓我不敢多看。

「你擱下了完成母片的工作，跑來我這裡……？」

「這是理所當然的決策。」

所以，我終於說出口了。

說出會對患病虛弱的英梨梨，進一步造成致命打擊的咒語。

「你在做什麼啊啊啊啊啊……唔，咳，咳咳，嗝！」

從英梨梨平時的高亢嗓音，難以想像她會將話說得那麼低沉、沙啞、痛苦，聽了實在讓人不忍心。

然而那句話包含的意義、心思和情緒，比她現在的嗓音更加刺痛我。

「妳病倒了耶，那可是流行性感冒耶，要靜養一個星期耶。」

「可是我把畫完成了！我趕上了！」

「急病病患和母片，該選哪一邊再清楚不過了吧？」

「那當然是兩邊都要顧到啊！」

妳別說和伊織一樣的話。

妳別說和大家一樣的話。

你們幾個，很沒常識耶。

「現在立刻回去，倫也……！咳咳，唔，嗝，唔噁！」

「喂，別講話了啦。」

英梨梨捂嘴咳嗽，像是在忍耐反胃的噁心感，隨後又像氣喘發作似的用力呼著氣。

儘管她身體變成那樣，嘴裡卻仍然唸個不停：

「你回去，把遊戲完成，然後交貨……！」

「已經太晚了。」

沒錯，已經太晚了。

假使我立刻啟程、再拜託伊織介紹的廠商，就算能趕得上交貨。

但是在這當下，我心裡，根本沒有將英梨梨拋下的選項。

「你想讓我花的一個星期白費嗎？你想讓大家花的半年白費嗎！」

「只是包裝版會趕不上冬COMI罷了……反正幾乎都完成了，什麼時候推出都一樣吧？」

「你在說什麼啊，倫也！」

就是啊，我到底在說些什麼……

這樣的話，之前我何必將詩羽學姊逼得那麼緊？

何必跟加藤兩個人熬夜好幾天除錯？

矛盾的地方實在太多了。

「白痴，白痴……倫也，你是大白痴——！」

「……哎，說得也對。」

「唔……唔啊……嗚哇啊啊啊啊，啊啊啊啊啊啊啊啊～！」

英梨梨的喊叫聲，響遍了早晨裡除了我們以外沒有別人的寧靜房間。

那深沉的悲嘆與絕望，確實正無情地苛責著我。

……不過，目前我聽不見這傢伙的嗟怨。

因為有更強、更根深柢固的一份感情，擋下了那陣聲音。

誰叫我沒有辦法。

要在照顧英梨梨的同時把遊戲做好，那麼高明的事情誰辦得到啊？

『誰叫沒有人照顧的話……英梨梨，妳好像就會馬上死掉嘛。』

※　※　※

『對不起，對不起，小倫……』

『我、我遵守不了約定，對不起。』

那是在小學二年級的暑假。

我第一次被招待來那須高原這棟別墅時的事。

留居這裡的一個星期中，我和英梨梨一會兒玩著帶來的電玩主機，一會兒收看預錄的動畫和ＤＶＤ，度過了一段從早到晚盡情享受室內娛樂的生活。

不過，那並不是我們起初排定的行程。

難得在夏天到那須高原，我們定了和平時不同的計畫，打算採集昆蟲、爬山、在河邊戲水，原本應該要滿心歡喜地迎接那天才對。

……不過，英梨梨在出發頭一天發高燒，結果我們只度過了一個星期無法出別墅的日子。

對於只能留在室內的度假生活，我根本沒空覺得「無聊」，光是擔心英梨梨就會哭，然而一起看動畫、玩電玩，紓解了那些難過的心情，最後便昇華成一段快樂的回憶了。

在我和英梨梨仍然要好的那段時期裡，類似的敗興活動可以說是一項接一項。

有一次，我照顧過一起去游泳池玩以後，就在隔天臥病一個星期的英梨梨。

有一次，我則把運動會發的參加獎鉛筆，帶去送給沒能參加的英梨梨。

還有一次，英梨梨沒特別原因也發燒，我就在探望時一直陪她用掌上型電玩對戰。

無論是過新年、聖誕節、女兒節、兒童節，說起來我對她的記憶，都是穿睡衣比穿盛裝來得印象深刻。

而且若是依循那些回憶，我們每次到最後都是在歡笑中度過，不過早期時我其實也曾經哭哭啼啼地變得很沮喪。

……現在回想起來，從當時就嚴重看待英梨梨的病情還擔心到哭的，或許只有我而已。

先不論身體本身，容易生病的英梨梨自己，以及從她出生後就一路陪伴過來的父母，或許在心理上一直都比我這種生來就健健康康的人更堅強。

可是，我卻因為自己有副還算強健的身體，反倒無法輕易相信體弱的英梨梨會康復。

之後過了八年，我沒有看著英梨梨在那當中的成長，就這樣度過了漫長歲月。

因此，即使面對現在的英梨梨，我唯獨就是不能放心她的身體。

她什麼時候會病倒？病倒的話會好嗎？放著不管行嗎？病情會不會在我眼睛一離開的時候就惡化？

明明我一直放著她不管。明明我什麼責任都負不起。

可是，我卻控制不了自己。

※　※　※

「嗚、嗚咿，嗝，嗚啊啊……」

「欸，哭這麼久，也該停了吧……」

「你以為是誰害的……嗝，嗚，咳咳，嗚嗚……」

天快亮了。

我們這一戰，正要迎接結束的早晨。

「光是晚那麼一些，才不會讓這款作品的價值褪色。」

從那之後過了快兩小時。

英梨梨一直趴在床上哭個不停。

……就像短短幾小時前的我一樣。

「再說，我們的片子在冬COMI還是可以上。只是數量會少一點而已。」

「可是那樣贏不了……那個女生，贏不了『rouge en rouge』。」

我們並沒有變得在冬COMI交不出任何東西。

因為資料都齊了，假如我們自己燒光碟、自己列印說明書，要做一百份綽綽有餘。

我們只是在年底前做不出千位數的成品罷了。

變成從一開始就輸在發行數量上，沒辦法和「rouge en rouge」較量而已。

但是……

「我們已經沒必要跟他們鬥了。」

我將疊在桌面的圖畫用紙，一張一張地排到地上。

那是我在這裡發現英梨梨時，原本散落於整個房間的原畫……

不，這已經是繪畫作品了。

「妳的畫，變得好出色……」

「……咦？」

英梨梨先用畫具繪製這些原畫，再拿彩色掃描器掃進電腦，然後加工成劇情事件的CG。

多做那樣的一道工夫，簡直是匪夷所思，對我這種外行人……不，我想對英梨梨以外的人來說，大概都無法參透那有什麼意義。

然而英梨梨的選擇是對的。

她在最後完工的CG，勝於一切雄辯。

「在我今年看過的圖當中……妳畫的最能打動我。」

「唔……倫也。」

衝進這個房間的瞬間，我打了寒顫。

並不是因為房間冷，也不是因為英梨梨病倒在地。

而是因為七張散落在地板上的圖。

那不是同人作家柏木英理以往畫的圖。

也不是美術社員澤村．史賓瑟．英梨梨以往畫的圖。

由於筆觸和過去完全不同，若要擔心會不會辜負了以前的柏木英理粉絲和愛萌的阿宅，其實他們的需求一點也沒有被輕忽。

原本的筆觸在某些地方還是保有影子，畫出來的女生可愛得讓人心花怒放。

圖既真實又萌，還富藝術性。

要怎麼做才能融合這些要素，對我這種外行人……不，我想對英梨梨以外的人來說，大概都無法參透其奧妙，也絕對重現不了。

「那、那麼……我可不可以再問你？」

「……嗯。」

「我的圖，比那個女生，厲害嗎……？」

「嗯！」

「唔，啊、啊哈、啊哈哈……嗝。」

對不起，出海……

可是，我並沒有說謊。

在我心中，「喜歡的繪師排行榜」真的出現變動了。

「啊哈哈哈哈……唔、唔哇……好耶，好耶……我贏了。」

我毫不猶豫地說出的答案，讓英梨梨轉換心情了。

話雖如此，吸鼻子、聲音沙啞、不時咳嗽這些部分倒沒變就是了。

「我贏過波島出海、冰堂美智留……還有霞之丘詩羽了……！」

「我沒有稱讚到那種地步啦，笨蛋。」

然而，她表露出來的情緒是那麼地充滿欣喜，甚至到了讓人覺得狂妄的程度。

別因為我區區的一句讚美，就高興得哭出來啦，笨蛋。

不過，我是說真的喔，英梨梨。

妳的圖，真的很棒。

我看了好心動。可以感覺到氣勢逼人。

可是，正因為這樣……

我才會冒出跟「無論如何都要幫忙把這銷出去」完全相反的感情。

※　※　※

我來到這間屋子、將病倒的英梨梨搬上床、目送伊織等人、接應來看診的醫生，總算歇下一口氣是在凌晨兩點，離英梨梨醒來前有足足三小時。

明明還有時間抱佛腳的。明明還有些微能趕上交貨期限的可能性……

我卻什麼都沒做。我動不了。

我只是望著散亂在屋裡的，英梨梨用來打底的那些圖。

我只是望著留在電腦中的完成版ＣＧ。

在我心中連三分鐘都不到的那三個小時之間……

有許多連我都搞不清楚所以然的情緒一直在翻攪，想控制也控制不住。

其中一種情緒，無疑是感動。

因為有遠遠超乎想像的出色畫作，散見於英梨梨房裡。

我到現在都還無法忘記，自己在剛打開這扇房門的瞬間所受到的衝擊。

我陷入了有如塵封已久的祕密寶箱終於被開啟的錯覺，萬一當時伊織等人不在場，我似乎會喊出聲音來。

其中一種情緒，大概是感慨。

因為那裡頭，有英梨梨出生至今的十六年又九個月……

從她立志成為作家算來的八年間，都凝聚在當中。

她將自己的發條上緊到和以往無從比較的程度，為創作嘔心瀝血。

英梨梨做到這種地步所換來的東西，真的無可取代，我從客觀、從主觀都能如此相信，淚水完全停不了。

其中一種情緒，終究是感謝。

因為她為了社團、為了同伴、為了我們的目標……

而且，說不定也為了我的夢想，才拚死拚活地將東西畫完。

那個恣意妄行的英梨梨、賣乖的英梨梨、說謊的英梨梨做了這些。

彷彿回到以前的英梨梨，跟這些年的她不一樣，讓我好高興，懷念得受不了。

其中還有一種情緒，是崇拜。

因為我對詩羽學姊、美智留、出海一直懷著的心情，終於也出現在英梨梨身上了。

這樣下去，英梨梨會走遠。

她會變成讓我崇拜的傑出創作人。

她會將我拋下……

不，我得停下來……快住口。

別再說了。

別再說……真心話了……

欸，為什麼？

為什麼我非得推廣英梨梨的畫？

區區跟班畫出來的畫，為什麼我非得認同那很棒？

畢竟這傢伙，其實根本沒什麼了不起的啊。

她是我的跟班，除了我以外沒其他朋友，是個總是只會跟著我的膽小鬼。

她很容易生病，樣樣通樣樣鬆，一開始畫出來的東西根本就是爛。

她受了我和父母的影響才會變成御宅族，只是個沒有自主性的傢伙。

所以，唯有我是不會認同英梨梨的。

對我來說，心目中的第一名創作人寶座，就是不能交給澤村・史賓瑟・英梨梨。

真的，真的有許許多多的情緒在我心裡翻攪。

一種是自卑感。

一種是疏離感。

還有一種，是孤獨。

『妳實力不夠！』

『在目前看來就是不夠。妳並不厲害！』

在夏天的那個日子，我在煙火大會的夜晚，告訴英梨梨的那些話。

那不是鞭策，也不是激勵，只是心願罷了。

我對她說的，全是一派胡言。

因為我喜歡的不是英梨梨的畫，也不是她的才能。

所以我……那麼激動地鼓動英梨梨成長的我……

在內心根本就不希望她成長……

※　※　※

「總覺得劇情鬆鬆散散的很微妙耶。搞不懂是搞笑或嚴肅……」

「哎，這就是這個導演的味道啦。迷上以後評價會翻盤。」

外頭放晴了。

要是照英梨梨所說，上週末都在交互下雨和下雪，所以今天似乎是相隔三日的晴天。

結果，在非假日的星期一白天，我們倆就待在那須高原的別墅裡，漠然地看著動畫。

「好啦，接著換哪一部？這週播的都看完一遍了。」

「……欸，要不要看一下久違的《雪光（雪稜彩光）》？」

「我每一話各看過三遍就是了……反正不管看幾次還是會哭，要我奉陪也可以啦。」

「其實我還停在第七話耶。再說要是不趁現在看　看的話，我大概一輩子都不會看最後一集。」

「妳都畫了兩本情色同人還那樣……」

「你想嘛，畢竟已經褪流行了不是嗎？我不管怎樣還是會優先看當季的作品啊。」

「真受不了妳這只會跟風出本子的同人作家。」

黎明那時候……英梨梨帶著眼淚笑了一會兒就忽然變安靜了。

之後她吃了藥，鑽進被窩，立刻便發出鼾聲。

睡了大約五小時以後，她悠悠哉哉爬起床，慢吞吞地開了電視。

在那時候，我們兩個都變得完全不提冬COMI的事了。

「對了。」

「嗯？」

「現在幾點？」

「一點，十五分。」

「……是喔。」

……終於，連伊織開出的期限都過了，時間上再無餘地可轉圜。

※　※　※

到了下午六點……

結果，在一週開頭的星期一，光看完二十話動畫，轉眼間太陽就下山了。

真不知道多久沒在非假日過得這麼懶散。

「倫也，你有下廚過嗎？」

「我可以斷言自己進廚房的機會比妳多……還有妳回房間睡覺啦。」

儘管英梨梨依舊發燒超過三十八度，但是她似乎終於恢復到說得出「我肚子餓」的身體狀況了。

所以，我為了做晚餐就來到廚房……後頭還多跟了一個閒雜人等。

「扯那麼多，我還是在意你會端出什麼殺人料理嘛。」

「在妳身體狀況普通時也就算了，但我哪會惡整病人啊？」

「基本上，我買的儲糧明明還很多啊。」

「我剛才看過了，妳買的全是沛〇葛和豚骨拉麵嘛！」

妳整個人明明就像雞骨頭一樣乾巴巴的……想歸想，這話可絕對不能說出口。

因為如此，雞骨頭・Chickenbone・英梨梨明明得了感冒，卻從剛才就一直站在我背後，頻頻偷瞄我下廚。

即使我再怎麼強調「廚房裡很冷」，她還是回嘴：「你看，這樣就不冷了。」自顧自地在睡衣外面加了運動衫，再披上棉襖，說什麼就是不肯離開我身邊……我是指不肯離開這塊地方。

「好啦，你想煮什麼？」

「雜燴粥，反正弄得太精緻也沒用。」

當我發現昨天伊織遞來的購物袋裡裝了好幾份白飯真空包時，我對他那種細密過頭的心思，還真有點不敢領教。

「可是沒有蔬菜或任何料吧？」

「有速食麵的湯料包，就用這個代替。」

「啊，要不然加義大利麵醬怎麼樣？你看，這裡有加熱即食的拿坡里義大利麵！」

「……至少換成白酒蛤蠣口味吧。」

我從之前就在想，妳愛吃的東西都太偏男人的口味了吧……

※　※　※

「呼……夠了。」

「怎樣？妳已經吃飽飽了嗎？」

我在廚房奮戰超過三十分鐘的血汗結晶（實際成分：白米、蔬菜雞湯包），英梨梨只嚐了三分鐘左右就推回來了。

朝碗裡看去，裡頭的雜燴粥還剩下一半，不，是還有八分滿。

「『已經吃飽飽了嗎？』……簡直把我當小朋友嘛。」

「像妳這樣把別人辛辛苦苦準備的飯留下來，當然是小朋友。」

「誰叫你煮的不好吃。」

英梨梨到底是讓身體狀況搞壞了胃口，現在似乎再美味的料理也無法下嚥。沒有錯，再美味的料理都一樣。跟料理本身好不好吃完全無關。肯定是這樣。

「身體不補充營養好不了喔，快吃。」

「我吃不下。」

「不可以，快吃。」

「不要。」

「妳就是這樣才像雞骨……沒事，當我沒說。」

這傢伙明明特別愛吃油膩的東西，食量卻這麼小……然後又繭居在家根本不運動，誰知道她以後會不會染上好幾種成人病。

話說，我總覺得自己現在好像當爸爸的。

「英梨梨」及「生病」，從小就熟悉的字眼邪門地撞在一塊，似乎導致以前那個沉睡了八年的我，硬是頂替了我目前的意志，感覺奇妙得不知道該用焦慮或充實來形容。

「你就那麼想要我吃？」

「我講這些是為了妳好。」

「……那、那樣的話，附條件我就肯吃。」

結果，我那困惑的調調似乎是傳染過去了，坐在床上的英梨梨也變得像女兒一樣，眼睛往上直盯著我。

「好啦，什麼條件？」

「只、只要……」

「英梨梨？」

「呃，我跟你說喔……」

而且不光是態度，連用詞都有女兒味。

「只、只……只要你用餵的，那、那我就肯……」

「來，啊～～」

「…………」

英梨梨還沒有將條件說到最後，我便趕緊搶走了她手中的飯碗與湯匙，然後把雜燴粥舀到她面前。

「怎麼樣？我照辦了喔。妳不吃嗎？」

「什、什……」

我的立即回應，不知為何卻讓提議者愣住了。

她交互看著面前的湯匙跟我，擱在膝蓋上的雙手頻頻發抖，臉和眼睛都變得通紅……

「你、你是不是腦袋發燒了！」

「錯了吧，發燒的無論怎麼想都是妳才對。」

「那、那、那麼離譜的玩笑話你也當真……還、還說什麼『啊～』，到底怎麼想的啊？你是白痴嗎？」

說起來無關緊要啦，不過英梨梨這傢伙在心慌時的態度和語氣和台詞都樣板到極點，能不能想個辦法？

「不管是鬧著玩或認真的，只要妳能乖乖吃飯，我什麼都肯做。」

「咦……？」

結果，英梨梨越是心慌，我這邊反而越鎮定。

畢竟這才不是害羞的時候，我沒有空跟她鬥嘴。

目前能保護英梨梨的，只有我而已。

「之後妳想消遣我也可以，要逗弄人也隨妳便。總之拜託妳現在吃就是了。」

「你在認真什麼嘛……」

「來，啊～」

「……倫、倫也。」

「啊～～」

再怎麼發脾氣或唱反調都改變不了情況，使得英梨梨越來越困惑，開始變得難為情，還失去了從容……

不久後，她緩緩地呼了氣，下定決心……

「…………唔。」

英梨梨含住我伸出的湯匙了。

還使勁地往我這裡伸頭。

模樣拙得像個小朋友。

「……好吃嗎？」

「我剛才就說難吃了。」

「對喔，來。」

「嗯。」

雖然英梨梨對於味道的負面意見依舊不改，但我伸出的第二匙，她還是好好地吃下去了。

這次我也算好時機，將湯匙送到她嘴邊。

「難吃也要忍耐。」

「下、下一口。」

「……還有，妳別急啦。多嚼幾下再吞進去。」

速度快得顯然都是直接吞的英梨梨，像幼鳥一樣地張著嘴，就等我的湯匙。

「嗯……嗯咕！咳咳，咳咳咳！」

「都叫妳別急了……」

於是，幾分鐘以後，英梨梨把晚餐全部掃光了。

……她不但掃光自己的份，連我吃到一半的那些，真的是全吞了。

※　※　※

星期二，早上九點。

我來到那須高原以後，迎接了第二次天明。

「倫也～～早餐來囉～～」

「……不用了。」

隔天，來複診的醫生為我們帶了好消息和壞消息。

好消息是，英梨梨其實沒有得流感，單純只是著涼而已。

她的身體狀況已經恢復不少，燒也退了，可望在兩三天以內大致康復。

「咦~~是誰對我說過『病人就是要吃東西』的啊？」

「我現在真的沒食慾啦。放我一馬。」

至於壞消息，是我也被「單純著涼」的某人傳染了，現在體溫燒得比某人還高，身體狀況也欠佳。

我還被醫生教訓：跟疑似得了流感病毒的患者整天同處一室，根本是自殺行為……

「我昨天晚上還不是沒食慾。現在你自己想省掉一餐，會不會說不過去？」

「就算這樣，有誰一大早就吃得下豚骨拉麵啦！肯定會吐啦！」

「來~~我幫你吹涼涼喔，倫也小弟弟~~啊哈哈哈！」

就這樣，睡了一晚的英梨梨雖然還沒有完全好，但也恢復了一些活力，還當著徹底病倒的我面前亂撒野。

替我量體溫的她，看見體溫計超過三十八度，就莫名其妙地說教了一陣子並且制止我起床，還說要幫忙做早餐，自己起勁地……燒了開水，將速食碗麵拆封。

……唉，與其挑戰精緻的菜色而釀出大慘劇，這或許還像樣一些，不過她未免太有自知之明了吧。

「啊~~好好吃~~這種無論怎麼想都加了太多鹽的鹹度真是沁入脾胃~~」

「病才剛好，虧妳吃得下那種油膩的玩意。」

「其實我從來這裡以後，一直都保持一天一餐啊，身體稍微恢復以後就一口氣餓了。」

「所以妳才會病倒啦，笨蛋。」

結果無論我怎麼說，英梨梨都當成耳邊風，只顧吸著麵條發出「滋滋滋滋」的痛快聲音。

「受不了耶，這種有嚼勁的細麵在入喉時感覺最棒了！我超愛這款泡麵的，可是在東京都沒賣了，所以在這裡發現時忍不住就全部搜刮回來囉。」

「……欸，沒有烏龍麵或蕎麥麵嗎？」

我明明根本沒食慾才對，她卻吃得那麼香，可惡。

「吃完這個我就幫你煮鍋燒烏龍麵啦。只需要加熱的那一種。」

「至少打個蛋吧……」

「好好好，在那之前你就乖乖睡覺。煮好我會叫你。」

「嗯……」

我把英梨梨喝湯的聲音當成搖籃曲，並且蓋上棉被，閉起了眼睛。

陽光從東邊天空流瀉，透過窗戶和我的眼皮，將紅光照在我的眼睛。

不知道有多久沒有在睡覺時曬著如此典型的朝陽了。

不用在非假日早上離開被窩的喜悅。這正是生病發燒時的醍醐味。

話說如此，本來我帶著這副狀況糟糕的身體，要是一個人躺在房間，心裡是不會這麼安穩。

心情之所以這麼舒暢，都是來自身邊有人關懷的安全感。

無論幫不幫得上忙，有個「只求人在就好」的傢伙確實在身邊——正是如此單純的事實，讓我感到安心。

在我還是小學生的時候。和我現在立場相反的那段日子。

當時的英梨梨，心情是不是和我現在類似呢……？

等我下一次醒來，鍋燒烏龍麵已經完全泡軟冷掉了。

可是，英梨梨並沒有對睡過頭的我發脾氣，而是把變得軟趴趴的鍋燒烏龍麵再加熱一次。

那當然不好吃，不過，我卻莫名安分地全部吃光了。

※　※　※

「欸，禮物要送什麼？倫也你選嘛。」

「那種東西妳自己選就行了吧？」

「不行喔，要你來選才有意義，不是嗎？」

然後，從那之後過了一小段日子。

英梨梨終於退燒到正常體溫，我也跟著恢復了活力，我們倆互相在比賽誰恢復得快。

「畢竟……這是難得的聖誕節禮物啊。」

沒錯，而今天是十二月最值得紀念的日子。

街上放著讓人不禁心情浮動的音樂。

鬧區中央有燈泡點亮的巨大聖誕樹坐鎮。

另外，也能看見在聖誕節商場來來往往的情侶們。

……當中就有一對，正停在顯得有些可疑的攤販前，為了挑選飾品而大傷腦筋。

「不、不然……難得有機會，我就挑這個紅色的胸針！」

「咦～～底下明明有戒指你卻不選，到底多膽小啊，沒出息。」

「妳自己叫我決定的，努力挑完還要挨罵喔？」

「誰叫你～～都將好感度加得這麼高了，一般會挑那麼不上不下的選項嗎？」

「咦，怎樣？選這個真的選錯了喔？」

「胸針只會讓好感度加一，連劇情事件CG都沒有喔。要亂玩的話還不如挑鼻環來期待對方的反應嘛……雖然那樣就等於放棄攻略了。」

「唔～～話說回來，瑟畢斯這傢伙比我想的還要裝模作樣耶。」

「……倫也，就算是你也不准批評瑟畢斯，絕對不准。」

「妳眼神超認真的耶，不要這樣啦！」

沒錯，正為了挑飾品而大傷腦筋的，是女主角英理（可改換姓名），和她的青梅竹馬瑟畢斯這對青年情侶。

《小小戀情狂想曲》第三年的聖誕節劇情事件，就因為我像這樣選錯了選項，平平淡淡地落幕了。

「可是，瑟畢斯的劇情果然在夏天煙火事件中就已經衝到最高潮了，大概是因為這樣，冬天的事件都不太亮眼耶。」

「什麼話什麼話，倫也！這是為了方便讓玩家妄想，才刻意把劇情事件的印象調淡嘛！剩下靠同人處理就好了！」

「拜託，妳一扯到瑟畢斯整個人都變了，超恐怖……」

動畫的庫存見底，快要沒事可做的英梨梨居然運用雄厚財力，在亞〇遜PRIME買了自己的第三台P〇3。

我以為英梨梨順便也訂了哪款最新的遊戲，結果她接上網路，從經〇遊戲庫（註：PS線上商店專門提供經典遊戲的服務PlayStation Archives）當中下載了一款懷舊遊戲。

那就是這款《小小戀情狂想曲》……

我們走向終結的開始，兼失和的導火線。

以往英梨梨頭一次送我的女性向遊戲。

「話又說回來了，結果，我們和第一次來這裡時一點都沒變耶。」

「對啊。」

「從早到晚都沒有出門一步，只是看動畫玩遊戲……」

「妳感冒了所以沒辦法吧。以前和現在都一樣。」

坐在我旁邊猛盯著螢幕的英梨梨嘻嘻笑了。

和上次一起來的時候完全沒變，依然純真的英梨梨。

「不過，我們的病差不多好了呢。」

「嗯。」

不，不對。

我們已經無法和當時一樣純真了。

「……等明天，就回去吧。」

「……好。」

現在的我們，沒有永遠不結束的暑假，也沒有反覆不停的寒假。

差不多，是回歸現實的時刻了。

「回去以後，我要向大家道歉。」

「……這樣啊。」

所以我想，英梨梨才會在今天，在我們的最後一天假期，將這款《小小戀情狂想曲》弄到手裡。

我想，她選了這款遊戲，肯定有相當大的意義。

「我要向惠、冰堂同學……還有霞之丘詩羽道歉，我辦得到的。」

「我也會一起道歉啦。所以妳別太在意。」

「不用，讓我自己道歉。」

「英梨梨……」

其實，會這樣也是我害的。明明就是我害的。

只要我夠爭氣，面對任何困難都能靠金錢和政治手腕解決。

只有我有肚量，肯仰賴有能力的其他人。

只要我不抱著嫉妒和獨占慾，只懷著一顆堅強的心……

「畢竟，我出生後第一次趕不上截稿期限……又太過講究品質，破壞了大家的目標……」

但英梨梨根本不理會那樣懊悔的我，還帶著一副海闊天空的表情，眼睛絲毫沒有離開螢幕，兀自招認：

「那是我的罪過、我的責任……同時，也是我的榮耀。」

簡直像螢幕中的女王英理，在對著螢幕外的我說話。

「……這樣說，或許會被大家狠狠修理就是了。」

其實，應該由我來修理英梨梨，再由大家狠狠修理我才對。

但是螢幕中的英梨梨，並不肯讓我介入。

……她只是，將我當成心靈的支柱。

「對不起，倫也。」

英梨梨將她的手，悄悄地湊在我拿著遊戲把手的手上面。

同時，也將她的頭輕輕靠在我的肩膀。

「對不起……」

我不明白，她那句謝罪的話，包括了什麼事、什麼時候。

而且，英梨梨大概也不會揭露答案。

所以，我也不用自己的話來交談。

我只是按下把手的按鈕，催促瑟畢斯說出最後一句台詞。

『聖誕快樂，英理（英梨梨）。』

『聖誕快樂，瑟畢斯（倫也）。』

像那樣，隨著聖誕節劇情事件結束……

在遊戲中，同時也是現實中的神聖日子裡，我們兩個，於相隔八年後和好了。

第七章　奇、奇怪？這章**應該是**劇情**高潮**才對啊……？

十二月三十一日。

在十二月中，接在聖誕節後頭的重要節日，除夕。

做完大掃除，吃過跨年蕎麥麵，看完紅白歌合戰，再趁著改歲之際，一面聽除夕鐘聲一面前往參拜，在一年中屬於相當特別的日子。

然而，對群聚於此的眾多御宅族來說，除夕根本忙得沒空打掃家裡，頂多在車站前的富○麵店吃個蕎麥麵，紅白歌合戰也只對水○奈奈和少數幾個人出場有興趣，基本上會累得沒有辦法去參拜——今天就是這麼特別的日子。

沒錯，這裡在今天，大概是國內聚集了最多人的場所。

東京都江東區有明3－11－1，東京BIG SITE。

冬季Comiket的最後一天，第三日活動即將開始。

「好，準備完畢。」

「咦，這樣就好了？」

而在Comiket會場的一角……應該說略偏中央的地方。

設於東館牆際的某個攤位上，有我們幾個的身影。

「嗯，東西全部就這些。辛苦妳了，冰堂同學。」

「不會啦，我完全沒幫忙……都是小加藤跟阿倫你們弄好的。」

我、加藤、美智留和兩個紙箱，還有付滾輪的包包，以及裝在包包裡面的東西，這就是現在我們攤位上有的一切。

沒錯，如我剛才所說，今天是Comiket的第三天。

我們「blessing software」真正要拚的日子。

我從春天起步的夢想，「原本」要做出總結的日子。

「是喔～～東西就這些嗎？總覺得～～我們這裡和周圍比好冷清耶。」

「唔……」

「妳想嘛，那是因為我們只帶了一百片光碟，自己燒的媒體上面又什麼都沒印，還是用透明殼子來裝，說明書也是黑白的單張紙。」

「唔唔唔……」

美智留無自覺的風涼話讓人感覺「不」到意義重大的一天即將開始，還與加藤自然的風涼話搭在一塊，讓我的胃被苛責得陣陣刺痛。

從聖誕節那天，正好過了一星期。

我們「blessing software」推出的新遊戲《cherry blessing～輪迴恩澤物語～》，風風光光地完成了母片，就等著在今天這一天發表。

……將事實簡潔交代後，倒也聽似可喜可賀，然而實際上從這般的狀況，可以看出起初描繪的構想經過大幅修正，帶來了絕不算小的影響。

當初應該委由廠商壓片的出貨量，數目是輕鬆超過一千片的。

準備了那麼大量的貨，宣傳當然就不能隨便，比如架設網頁介紹由知名社團「egoistic -lily」的柏木英理繪製的精美插圖；提供嚐鮮的試玩版讓眾人讀到神祕新進大牌劇本家（語氣平板）TAKI UTAKO既纖細又大膽的著作，原本各項內容都逐步就緒了。

可是，結果我們在今天只能準備出一百片光碟，宣傳得太盛大，反而會對普通參加者和周圍的社團造成混亂，顧慮到這一點，我便封存了所有籌措好的網頁素材，只在網站放上簡單的遊戲介紹。

說來說去，我們目前的定位相當於只擺出布告表示：「這次新刊沒趕上！」就溜掉的社團。

「抱歉，加藤……之前，妳明明付出了那麼多心力。」

「真是的，那些事都過去了不是嗎？安藝你不是道歉過好幾次了？」

「加藤……」

「哎，趕不上倒也沒辦法就是了，不過受到這麼多人注目，我身為顧攤成員難免會擔心一下自己的安危呢。」

「聽起來妳根本不覺得事情過去就算了耶！芥蒂好像都沒有化開耶！」

……沒錯，其實我這場撤退戰有一點失敗。

根據社團用的場刊圖，和以前公開的網頁情報，網路上便有聲音指出：「這是柏木英理畫的吧？」而造成不小的話題，即使是現在，來探視我們這個進貨量稀少的攤位的人（含活動籌備人員）也絕對不算少。

因為這樣，經過攤位前面的人早就超出我們準備的光碟數目，寒酸的進貨量讓那些人睜大了眼睛，還屢次看見有人慌慌張張地到處打電話聯絡。

所以這個社團，其實隱含了「沒東西可賣卻亂有注目度」這種難保不會讓顧攤成員如坐針氈的危險性。

話說這張「預留五十片」的便條紙是什麼時候混進來的……？

「目前我並沒有打算擺出那種含恨的態度就是了。」

「是喔……？」

「不過，假如安藝會那樣覺得，大概是這個的關係喔？」

「頭髮……？」

加藤說著，順手梳了梳自己的烏黑長髮。

「你看，我現在是黑長髮，感覺就好像烙上了執著很深，又常常記恨的角色形象……」

「妳那樣說，是對誰含恨在心呢？加藤學妹。」

「詩、詩羽學姊……」

於是，不熟練地撥弄著自己長髮的加藤旁邊，冒出了一位老牌正宗黑長髮的人（請當心仿冒品），而這一位撥起頭髮可是自然到足以打對台的地步。

「妳去哪裡了，霞之丘學姊？攤位已經準備完畢了喔。」

「對呀對呀，妳把事情全推給我跟小加藤，自己卻到處閒晃，有沒有這麼不負責任啊～～」

不過，最近那種程度的攻擊已經無法動搖到加藤，加上美智留根本刺探不了對方心思，兩個人對詩羽學姊的厚黑吐槽都沒有多大反應。

「我碰見認識的人才過去問候一下罷了。」

至於詩羽學姊這邊，當然也不會把那點反擊放在心上，她將拿著的名片順手收好以後，就在所有人都站著的攤位裡架好鋼管椅，逕自坐下來讀書了。

「所以，離閉館還有幾小時？辦慶功會的店家幾點可以進去？」

「還沒開場就只在意那些也很讓人困擾喔。」

唉，雖然詩羽學姊擺著平時那種貌似漠不關心的態度，即使如此，她對今天這一天的用情之深，仍然充分傳達給我了。

畢竟，這是第一次。

學姊來同人誌販售會。

還有，她特地在沒有別人帶路的情況下，主動來到人這麼多的地方。

當然，不是只有詩羽學姊那樣。

加藤與美智留，也為了連商品都無法準備充足的我……的社團，像這樣集結在一塊。

明明這幾天，我們社團發生過那麼多風波。

明明我捅了讓社團隨時瓦解都不奇怪的大樓子。

「對了，我沒看見體型和人性都單薄得不容易發現的那個人，她還是一樣缺席嗎？」

「啊～～……英梨梨她有點事情。」

另外，提到在風波中，身為另一名元凶的那傢伙。

過去連自己的社團攤位都沒有列席過，比詩羽學姊更加深居簡出，屬於隱形創作人的那傢伙……

「體型和口氣都大過頭的人果然別具存在感呢，霞之丘詩羽。」

「……剛才妳去繳交登記證和樣品給會方，就一直沒回來耶。」

英梨梨來回區區不到一百公尺的距離都要花三十分鐘以上，卻在絕妙的吐槽時間點出現了。

「欸，倫也，什麼是樣品貼紙？沒貼那個會方好像就不收耶。」

「妳以前參加過幾次活動啦……」

「誰叫我是第一次自己處理這些～」

結果，英梨梨不只把好不容易帶去的樣本ＤＶＤ又帶回來，還架好剩下的鋼管椅逕自就座，彷彿沒意願再跑一趟就開始休息了。

「妳還是一樣不中用呢，澤村。」

「霞之丘詩羽，唯獨妳不配這樣說我。」

先不提兩邊都代言了我的想法，總覺得她們倆……不對，社團所有人即使在BIG SITE的特殊氣氛下，還是表現得像平時在我房間裡那樣。

不過，我們之所以能取回這種調調……

即使瓦解也不奇怪的社團，會像這樣恢復原本氣氛，似乎都是某位金髮雙馬尾拋開高傲自尊心，進行一對一下跪外交的功勞。

沒錯，那是英梨梨花上三天才取回來的……

※　※　※

「對不起！」

「…………」

「對不起，我沒有順利讓妳的劇本用完整形式問世。」

「……澤村。」

「對不起，這次作品沒能交到許多人手裡。對不起，我傷害了霞詩子的名聲。」

「這點事情，還傷不了霞詩子的招牌喔。」

「可是……」

「況且，我這次用的名義是『TAKI　UTAKO』。因為那是我和倫理同學的恩愛合作筆名。」

「……唔。」

「啊，妳剛剛在咬牙對不對？」

「沒有，沒那回事……！」

「基本上，東西好好地完成了不是嗎？妳的圖，不是都齊了嗎？」

「但是……」

「何止是齊了，我看了還有點惱火呢。」

「咦，為什麼？」

「妳完成的圖，品質遠超出我的預料。」

「啊……」

「哎，搭配倫理同學那篇劇本的圖明顯畫得更來勁，我倒是挺有意見的。」

「呃，那個，那是因為……」

「我並沒有說那樣子不好。只是妳比想像中更坦然地主張自己的魅力，讓我笑了一會兒罷了。」

「……妳的劇本，也寫得很有趣。」

「是嗎？」

「我讀了有一點高興，覺得這果然就是《戀愛節拍器》的作者……能將自己的圖搭配上去，感覺有點不可思議。」

「那麼，這件事就到此為止吧。彼此都努力完成了好作品，那不就好了嗎？」

「可是我沒趕上截稿的期限。明明妳按時寫完了，我卻……」

「倫理同學願意容忍妳那樣的話，那我就無話可說。」

「霞之丘……詩羽。」

「只是，我往後都會懷著『你這臭總召對我要求時跟她完全不一樣嘛，雙面人』這樣的愁思活下去而已。」

「那不是我害的，單純是妳在記恨……沒事，當我沒說。」

「哎，所以囉……這一次，就讓這件事情過去好嗎？澤村。」

「謝、謝謝妳。呃，那個，該怎麼說呢……」

「怎樣嘛？」

「謝謝妳，霞詩子……老師。」

「…………」

「趁現在我才老實說喔。其實，我第一次讀到《戀愛節拍器》的時候——」

「啊，稍等一下……………來，好囉。」

「……那支數位錄音筆是做什麼的？」

「妳別在意。請繼續說啊？」

「為什麼要把手機鏡頭對著這裡？」

「不重要不重要。來，剛才那副狀似害羞的笑容到哪裡了？妳有話想對我說吧？啊，另外我在簽名時一個人只會簽一次，下筆處僅限讀者所購買的書……」

「～唔，妳少得寸進尺了，霞之丘詩羽！」

※　※　※

「呃，冰堂美智留……不對，冰堂同學，那個，我……」

「我這邊不需要聽妳道歉就是了。」

「不過，對妳來說，這款遊戲明明是妳身為作曲家的出道作。」

「就只是區區一款遊戲，而且還出於業餘人士的手筆不是嗎？」

「不管在同人或商業領域，首度發表的作品都會成為一輩子的寶物喔……哎，雖然這只是我的個人經驗。」

「沒關係啊，我對御宅族的東西又不感興趣……」

「對不起，冰堂同學……」

「根本來說，妳其實有趕上對吧？只是因為生病才會拖到時間，這些阿倫都有提過喔。」

「那不過是藉口而已。」

「基本上，這個社團的代表是阿倫嘛。既然這樣，不管發生什麼都是他一個人要負責吧。」

「不可以，那樣我會過意不去。」

「……聽妳那樣講，總覺得不太舒服耶。」

「為、為什麼？」

「誰叫妳那種口氣，就好像硬要主張自己離阿倫最近不是嗎？」

「……我並沒有那個意思。」

「對，阿倫又不是妳的東西。所以囉，由妳謝罪總覺得不太對耶～～」

「就算那樣，我對於這次的事情也只能道歉而已。」

「好了啦～～我只是想說，妳道歉也沒用嘛～～」

「……不過，對於作品以外的部分，我沒有任何想道歉的意思。」

「啥、啥啊？妳那是什麼意思？」

「意思是……誰離得最近或最遠，那種無謂的事情我才沒興趣和妳爭，應該說，每年見一次面的表親，哪能算多親近的關係呢？」

「慢著慢著慢著！嘴巴上說沒興趣，但妳那樣完全就是在爭吧！」

「畢竟，表親終究算親戚嘛，要跟純正的青梅竹馬比，是不是不太對啊？假如從以前就住在一起倒還可以理解，妳說是吧？」

「妳在說什麼啦！所以妳覺得自己比較有利嗎？基本上，青梅竹馬大多都是輸得很慘的角色嘛！」

「那句話對妳來說也是支迴力鏢喔，而且妳不是御宅界圈外人嗎！」

「我有稍微研究啦！都是為了和你們這些御宅族當同伴！」

「嗯～～咦～～那單純是受了倫也（男人）影響而已吧～～」

「喂～～妳真的有意思道歉嗎？小英梨梨！」

「不要那樣叫我！改成英梨梨就好！」

※　※　※

「…………」

「…………」

「惠……」

「……感冒。」

「咦？」

「感冒，已經好了嗎？」

「是、是啊，嗯……完全好了。」

「這樣啊，太好了。」

「嗯。」

「…………」

「…………」

「啊～呃～」

「對不起，惠。」

「……英梨梨，我沒有什麼需要聽妳道歉的耶。」

「惠，我知道妳對這個社團、這部作品有多重視。」

「……融入一部用自己當女主角藍本的作品，感覺有點慘耶。」

「我知道，妳那是為了自己、為了倫也、同時也是為了大家。」

「呃～將那三項並列在一起會有許多問題喔。」

「妳留住了所有人的心。妳比只出一張嘴的倫也，更為這個社團著想。」

「…………」

「……所以，對不起。」

「我明白了。我接受妳的道歉。」

「嗯，對不起。」

「說到這個，別墅那幾天，過得怎樣？」

「沒、沒什麼啊……看動畫、玩遊戲，剩下的時間都在睡。」

「呃，該怎麼說呢……假如妳以為我好奇的是那些，就傷腦筋了耶。」

「是那樣……嗎？」

「嗯……哎，以安藝的角色來說、以妳的性格來說，還有，以我的心情來說，我想該好奇的並不是那部分吧。」

「……惠，我問妳喔，你對倫也是怎麼想的？」

「哎呀，妳那樣回答我喔……」

「要我說的話，我是覺得……」

「啊～～好啦。要說或不說都可以，但我並不能給妳確實的建議和意外的回覆喔？」

「……現在呢，能當好朋友就可以了。不對，我希望跟他當好朋友。」

「咦，那樣就好了嗎？」

「嗯，因為……對我來說，惠，妳也是我的好朋友。」

「呃，我想兩邊是可以兼顧的耶……」

「所以目前，我還是覺得大家能開心地在一起就可以了。」

「英梨梨……」

「隨興地聚在一起，散散漫漫地玩鬧，然後努力製作遊戲……最近，我開始覺得那樣子相處也是一種方式。」

「這樣啊。」

「再說等到春天，霞之丘詩羽也會離開。到時候在這個社團裡就沒有什麼競爭的對手了。」

「霞之丘學姊已經敲定會念東京的大學了耶……」

「嗯，就算那樣，我目前不求更多了。」

「……英梨梨，妳是不是有點變了？」

「哎，這大概就是柏木英理的新境界吧？」

「……遊戲最後出現的那張圖，實在太棒了。」

「謝謝。我自己也那樣覺得。」

「可以預見柏木英理即將大紅大紫呢。」

「我會啊。等明年肯定就進軍商業領域了。漫畫連載、雜誌封面、小說插圖的案子都會開始找上我……啊，不過只有霞詩子作品我絕對不接喔。」

「……呃，請妳也要留一點時間給我們的社團喔。」

※　※　※

「……倫也同學？」

「嗨，伊織。」

扯東扯西穿插了幾段回想，來到開場三十分鐘前。

我想「rouge en rouge」的攤位應該差不多準備就緒了，前往一看就發現有比我們社團多三倍以上的人，堆起了多我們幾十倍的紙箱，來來去去地狀似比我們忙了幾百倍。

「沒想到你會來我的攤位……這是吹了什麼風呢？」

「不對吧，虧你之前對我那麼親切，居然還說得出像以前一樣的反派台詞，你這爛好人。」

「……不好意思，有事的話能不能速戰速決？畢竟這裡有旁人的眼光。」

「怎樣啦？難道朋友傳出我們很要好的八卦，會讓你害羞？」

「……在我們這歷史悠久的社團裡，很遺憾地，也有不少資深的腐界女作家。」

「……是我錯了。出海她在嗎？」

伊織那句話太有說服力，逼得我連忙進入正題。

「在裡面，要叫她過來嗎？」

「嗯，那麻煩你了……有個傢伙懇切希望和她打招呼。」

於是，和伊織約好以後，我從口袋裡掏出了手機。

……這樣子，我們的下跪外交，總算也走到最後了。

※　※　※

「妳好，出海。離上次大約隔了一個月吧。」

「澤、澤村學姊……！」

被伊織從攤位叫出來的出海，一看見我的臉就立刻笑著大步大步地衝來了。不過會場裡面不可以跑步。

哎，先不管那個，雖然可憐，不過她那副笑容在短短幾秒後就像無法置信似的僵住了。

……正是在她看見，英梨梨突然從我背後露臉的瞬間。

「這是我們的新作。不好意思，雖然是燒錄片，不過遲早會推出完整的包裝版……」

「為什麼……？」

「啊～關於那個，能不問的話就謝天謝地了。」

「不、不對！不是的！我問的不是為什麼沒趕上截稿日，或者出於什麼理由才犯了創作人絕不該有的致命性過錯！」

「是、是嗎……那真似太感謝了……」

「為什麼澤村學姊會來我們社團問候呢？之前，我明明對學姊挑釁得那麼過分。」

「妳現在或許也一樣……」

「啊，對、對不起！」

「……欸，那兩個人不會突然就扭打起來吧？」

「不要緊吧。說來說去，出海還是很穩重啊。」

「不，倫也同學，我在擔心的是你們那個不成熟的公主耶。」

於是乎，在形同水火的兩個女生旁邊，有兩個男生稍稍拉開距離守候其狀況，還帶了交雜著些許擔心、些許傻眼，以及些許父母心的表情，注視著彼此的原畫家。

「她那邊也不用擔心吧……照現在的英梨梨來想的話。」

「……你們在那須高原的那一晚，有發生什麼嗎？」

「哪有可能發生什麼，少蠢了。」

「要我來看，你說的『哪有可能』才真的是哪有可能耶。」

「然後呢，呃，接下來才算正題就是了……」

「好、好的，請問學姊想說……？」

英梨梨說著便擺回了正經臉色，面對面地望向出海。

隨後，她忽然低頭。

「是我輸了。」

「……咦？」

「這次冬COMI，是我們……『blessing software』徹底輸了。」

而且，她深深地彎下腰，頭低到以往從來沒對任何人展現過的低點。

那個自尊心兼不服輸的化身，講出了最不符合本色的話。

「……讓她那樣認輸好嗎？」

「我同樣要告訴你，伊織……這次的冬COMI，是我們完敗。」

「倒不如說是比賽本身沒辦法比。」

「我們比的，本來就是連經營手腕在內的社團優劣吧。這次無法上擂台較量的我，就是不及你。輸的是我，如此而已。」

「你那樣說，意思是……」

「嗯，就算面對出海……英梨梨也根本沒有輸。」

詩羽學姊和美智留，也同樣沒有輸。

而且，這部作品在最後肯定會贏回來。

正因為我有信心，現在才能乾乾脆脆地認輸。

「出海，我呢，在這一次試著和妳犯了同樣的錯誤。」

「咦……？」

「我依循妳的方式做了模仿。我拚了命，想跟緊天才的腳步。」

是的，英梨梨這次的作法因襲了出海，以及詩羽學姊。

她擅自增加原畫張數，每一張都講究得要命，搔著頭、流著淚在畫。

「之前，我很怕妳。不對，我現在也怕。」

「學姊……怕我……？」

「我怕妳會飛快地追上來，在轉眼間就超越我，我猜，妳遲早會進步到讓我連自己被超越都

沒發覺的高遠境界……」

「哪有……學姊太抬舉我了！」

不，那絕對沒有抬舉過頭。

我之前，在瞬間就變成了出海的信徒。

原本，伊織還打算訂定周密的長期培育計畫，用自己的妹妹來奪得天下。

出海的將來性……就是那麼出色。

「不過呢，不過……

現在的我，有了勇氣。

我有心要努力超越那樣厲害的妳。

我不會產生坐以待斃的恐懼。

我在想，要是妳進步了，那自己進步得比妳更多就行了。」

「澤村學姊……」

「等下次活動，我們再來比吧……在那之前，我想靠店鋪寄賣分高下就是了。」

「……好的！我隨時接受學姊挑戰！請放馬過來！」

「咦，怎樣？妳概括承受啊？那是王者的風範嗎？」

「啊！對不起！」

當兩人的和好儀式結束得亂糟糟時，我這裡也開始準備回攤位了。

看向時鐘……離開場剩下不到十分鐘。

「順帶一提，我打算在一月底的星期五開始寄賣。」

「……那表示，你想和我們的寄賣首發日撞期？」

「在作品經過好好包裝後，這次才是真正的勝負。」

「倫也同學……」

我們徹底落敗了。

今天，要將那項事實刻進心裡，就這麼回去。

然後，在一個月後，復仇賽……真正的一戰才會開始。

今天，要將那股決意刻進心裡，就這麼回去。

「啊……抱歉，倫也同學，江中打電話過來。」

在伊織說著從口袋裡掏出手機時，我們幾個便自然解散了。

「掰啦，伊織……啊，也幫我和江中說一句『感謝您之前幫忙』。」

「好，我明白……還有倫也同學。」

「怎樣？」

「寄賣時，你們打算壓多少片？」

「誰會連那個都透露啦，呆子。」

※　※　※

「辛苦了……呃，江中。」

「你在和那兩個人說什麼？」

「……你有來現場嗎？你在哪裡？」

「籌備委員會總部。待在這兒就會收集到許多情報呢。」

「那真是太感謝了。」

「所以囉，是你輸了，伊織。」

「比賽還沒有開始喔！」

「我倒覺得，你已經抵抗不了接下來的風潮了吧？你有好好玩過他們那邊的遊戲嗎？」

「拜託，你是怎麼弄到手的……不，不用說了。」

「你太嫩了，伊織……嫩到被對方列在作品內的特別感謝名單上。」

「我想用同樣的條件打倒他們啊。」

「對方的作品可不是省油的燈喔。」

「出海也豁盡全力了。所有成員都表現得很棒。」

「你的妹妹嘛……我想想，在出道時期上至少早了一年。」

「……我真了不起。和你估得一模一樣。」

「總之，我這邊接下來還會變忙，社團交給你打理，不過別再像這次一樣玩過頭喔！」

「感謝你幫忙出車。但是，剩下的請交給我吧。」

「……那就要看你的能耐囉。」

「……那麼，差不多要開場了……恕我先失陪，朱音(AKANEA)小姐。」

「第○○屆Comic Market即將召開。」

※　※　※

我們的冬COMI，一下子就結束了。

開場不到三十分鐘，「blessing software」就賣完了稀少的存貨，匆匆由會場離去。

後來我聽說，「rouge en rouge」似乎在中午前，就賣掉了比我們多幾十倍的量。

※　※　※

「欸～～阿倫！要搭臨海線嗎？還是搭百合鷗？」

在我們穿過會場，來到通往車站圓環的交叉口時，走在挺前面的美智留回了頭，朝這邊大聲呼喚。

由於還不到中午時段，和我們走同一個方向的人不多，大伙兒被前往會場的人潮擠來擠去，變得有些分散。

「我們先喝個茶好了，要去哪間店？」

「我不想再走路了。」

「同右。」（澤村）

「妳們在懶惰方面真是心靈上的同志。」

有兩個人明明沒多少行李，卻活像老人家似的垂著肩膀慢慢走；我便採納她們的意見，決定了接下來要去的地方。

「那麼，先到台場休息一下吧。美智留，搭百合鷗～～」

「了解～～那我先走囉～～」

相對地，活力旺盛的美智留根本不管我們跟不跟得上，就衝過斑馬線往車站去了。

……明明之後還是得在車站等我們，再趕也沒用嘛。

「好啦，那麼……咦，加藤人呢？」

「惠在後面。」

「她好像用不慣行李車，拉得很辛苦。」

「……是朋友就幫她一下啦。」

所以說，同樣拉著行李車的我，只好往她們倆的反方向，也就是順著大多數人的行進方向走。

「找到妳了，加藤。」

「你可以不用折回來的。」

加藤確實緩緩地走在人行道中間，而且跟其他活動參加者在錯身時顯得很吃力。

「要不要我幫忙拿？」

「安藝你行李才多吧？」

「但我習慣啦。」

「沒關係，不用。」

「是喔。」

總之，儘管加藤步履蹣跚，還是一步一步地走向有大家等著的交叉口……不對，八成沒有人在等就是了。

我則跟在她後面，隨時準備幫忙扶一把。

「結束了耶。」

「一瞬間就結束了呢。」

真的只在瞬間而已。

向客人陪罪：「對不起，商品全賣完了。」幾乎比賣東西的時間還久。

「哎，雖然出了大包，不過這次失敗還是帶來了生機。」

「……也對。」

沒錯，會場的氣氛，顯然有留給我們生機。

「不過還沒有完全結束喔。因為接下來還有店鋪寄賣的勝負等著。」

「…………」

在我說明預定會送到店鋪寄賣後，大多數客人都接受了，有一部分也顯得很高興，還有人吐槽：「所以這果然是柏木英理的圖嘛！」

……這樣一來，等玩過的人發現劇本家的身分，或許就會帶起更大的風潮。

「真的謝謝妳幫了這麼多，加藤。」

「我沒做什麼大不了的事情喔。」

「沒有妳的話，我們連冬COMI都沒辦法參加……謝謝妳。」

「會嗎？」

加藤還是一樣淡然。

她似乎完全沒有自覺，自己對這個社團有多少貢獻。

「還有……抱歉。」

「…………抱歉什麼？」

「在最後的關頭，我搞砸了。」

「那也沒有辦法啊。安藝你做了正確的判斷。」

「可是……」

「為那一點道歉也沒用嘛。」

而且，加藤還是一樣溫柔。

對於英梨梨的過錯、對於我的失敗，她全都淡定地帶過了。

她真的是個可貴的朋友，兼第一女主角，還有……

「啊，加藤，到那邊直走。因為接下來要去台場，搭百合鷗。」

終於，我們回到了剛才我調頭的地方，也就是交叉口。

美智留當然不用說，英梨梨和詩羽學姊也早就走了，在這裡等紅綠燈的只有我們。

像那樣，在今天首度獨處的我們兩個，度過了幾秒鐘的安穩時光……

「我今天要回去了。」

「咦？」

「所以我搭這邊的臨海線。再見，安藝。」

而且，她還是一樣淡定。

不過，從加藤那裡，傳來了一絲不對勁的反應。

「呃，為什麼？」

「畢竟，今天是除夕啊。要早點回家才行。」

「不會啦，我們去吃個午飯而已。傍晚就解散了。」

「即使那樣，我今天還是不去。」

「加藤……？」

我總是會把她算進去。

畢竟，我相信加藤是唯一不會拒絕我的人，再說她以往真的百分之百地有求必應。

「妳怎麼了嗎？」

「怎樣？」

「到頭來，沒辦法在冬COMI推出完成版，有讓妳那麼不甘心？」

「嗯～那確實很可惜，不過英梨梨生病的話也沒辦法。」

「既然如此，妳為什麼……」

「啊～就說不是那樣了嘛，安藝。」

「唔……」

我第一次，聽見加藤那樣的口氣。

呃，雖然用詞和平時一樣充滿既無心又淡定的調調。

「你為了趕不上期限而道歉也沒用啊。」

可是，那樣的講話音調，以加藤來說，難得帶了些不耐。

「問題不在那裡……不在那裡喔。」

「妳說的，是什麼意思？」

「為什麼你沒有和我商量呢……？」

「商量……？」

「包括截稿期限的事、英梨梨的事、要放棄冬COMI的事，為什麼你都沒跟我說呢？」

而且，難以相信的是……她顯得很難過。

「我根本沒有反對過。

要以英梨梨為優先。要捨棄冬COMI。我的選擇應該都會和你一樣。

可是安藝，你什麼都沒有跟我說。

你一個人跑去英梨梨那裡，一個人判斷要放棄，一個人扛起問題。」

因為，那都是我的責任。

包括英梨梨會逞強，會搞壞身體。

還有明明或許能趕上，卻判斷要放棄也是。

「安藝，你是認為，我不會那樣想嗎？

你是覺得，和英梨梨相比，我寧願以冬COMI為優先嗎？

假如是那樣……感覺有一點討厭耶。」

然而，在我下決定之前，加藤明明一直都在擔心英梨梨。

她明明提過好幾次，一有狀況就要來幫忙的。

「我覺得，安藝你做的事情是對的。

而且，我把你當朋友。

但我無法原諒你。

正因為我把你當朋友，所以這次的事情，我還無法完全放下。」

加藤她沒有哭。

她不可能會像英梨梨一樣哭泣。

可是，不，正因為如此……

她那首度的反抗，才會像尖銳的樹枝札在身上一樣，痛得深沉。

「我總覺得自己怪怪的。和平時不一樣。

這樣子，簡直像瑠璃呢。

……對不起。」

加藤在最後，說了其實該由我講出幾百次的話……

接著，她就在燈號變綠的同時，走到與我不同的方向了。

終章

「所以，之後你有跟惠講話嗎？」

「我們每天在學校都會打招呼就是了……」

到了二月。

冬COMI結束，原本還以為我們「blessing software」會閒下來，但至少對我而言，一月依然忙得和冬COMI之前沒兩樣。

「可是她都不來社團了，不是嗎？」

「唔……」

在那段日子裡，我跟加藤的「短期隔絕」仍舊持續著。

明明快經過一個月了，我們還是沒有完全和解。

「倫也，你有認真面對她嗎？」

「呃，可是……我們講話時感覺都很正常啊。」

沒錯，加藤生氣（似乎），只有在除夕回家時那一次。

放完寒假，我戰戰兢兢地試著和她搭話，也得到了回應：「啊，安藝早安。」平淡得和以往並沒有差別。

只是，她不來社團露臉了。

我邀加藤：「一起去喝個茶吧。」她都不答應了。

她總是回答：「對不起，我有點事要忙。」然後就匆匆回家了。

以前碰到「有點事要忙」的情況，明明只要我硬拗，她就會輕易就範的。

不對，我自己變得不敢「硬拗」，或許也有造成影響。

……原來，那傢伙一記恨就不會忘嗎？

「哎，那是我的問題……重要的是，英梨梨妳快點將新裝版的封面完稿。」

「……欸，倫也。」

「嗯？怎樣啦？」

「真的要出新裝版嗎？」

「是妳自己說要畫的吧，為了慶祝初版完售。」

「我是有這樣說過沒錯啦……」

我會跟冬COMI前一樣忙，就是因為這個。

亂子是發生在幾天前，一月最後一個星期五。

發生於作品遲遲才交由店鋪寄賣的第一天。

冬COMI時，只發表了一百份燒錄片的同人軟體《cherry blessing》，其內容及完成度在年末年初的網路上引發了極大的話題。

「怎麼看都是出自柏木英理」的遊戲圖片。

「絕對是職業寫手的化名卻認不出身分」的劇本。

「雖然是第一次聽到的歌手卻覺得歌喉不錯」的音樂。

再加上……哎，玩家對於大團圓劇情線的褒貶輿論，掀起了進一步爭辯，無論是匿名討論區或社群網站，每天都能看見《cherry blessing》的字樣出現。

於是，網路上的評價似乎直接帶動了買氣……

開賣第一天，批給同人店鋪的一千套軟體在當日完售，而且，立刻又收到了追加五千套的訂單。

「怎麼啦？截稿日太趕了嗎？要不要重新規劃一下日期？反正是寄賣性質，要延後也是可以喔？」

「不用，我再拚一下看看。」

「這樣啊。」

如同我剛才說的，提出要替追加的五千套設計「慶賀熱銷」新包裝的，就是英梨梨。

舊版包裝的圖原本就交得比較早，如今英梨梨領悟到新風格，在她眼裡看來似乎是認為：

「放這麼舊的圖好丟臉！」

「欸，倫也。」

「嗯？」

「等這張圖畫完，我們要不要去哪裡玩？」

「只要妳不嫌出門麻煩就行啦……」

「我一年裡也會有一次想要出門的時候啊。」

「頻率太低了吧……」

「總之，你去還是不去？」

「哎，不管怎樣都要等忙完再說。結束後看妳要去秋葉原或那須高原都行。」

「喂，我受夠那須了啦。」

「啊哈哈，也對。」

照目前的步調，完工大約會在二月中旬。

到時候，寄賣方面的事情應該也忙得告一段落了吧。

「好啦，我這邊大致就這樣。再見。」

「嗯，掰囉。」

和英梨梨通完電話以後，我從房間窗口，仰望完全變黑的天空。

這陣子我們忙來忙去，差不多兩天就會打一次這樣的電話。

……而且在通完電話後，我覺得自己就變得積極正面了一些。

雖然，我們的社團確實還留著許多問題。

不過我要用正面去面對，將那些問題一一解決。

雖然我們在冬COMI輸了，但是勝負仍會繼續。

而且，我們的社團活動也會開開心心地繼續下去。

肯定會。

就算詩羽學姊畢業了，就算我跟加藤變得有點氣氛險惡。

即使如此，我無論如何都要讓這個社團存續下去。

然後在將來，我發誓，還會帶這些成員製作全新的作品。

※　※　※

「咦？咦？奇怪了……？

當時明明畫得出來……

在那須一個人孤孤單單地努力的那個時候，我明明畫得出來啊……？」

後記

大家好，我是丸戶。

《不起眼女主角培育法》終於來到第六集了。

而且，也終於進展到起初視為目標的冬COMI了。

……呃，「在高潮場面把故事寫得這麼萎靡好嗎？」關於這項疑問，往後或許還有不少驗證的餘地就是了。

應該說，目前我在寫這篇後記時體溫發燒到三十八度，而且在如此狀況下還是不能延後交稿，稿期吃緊到就算被數落「你這次到底拖了多久啦」也怨不得人的程度，奉勸各位也要好好注意健康。

既然要感冒還不如在執筆第六章時發病，有關生病的描寫大概也會更有真實感，對此我頻頻在反省。

談到這裡要換個話題，在上次（第五集）的後記裡，我曾經留下「以宣傳而言將出現大動作」這句若有所指又或許沒有的發言，但現在終於進展到可以向各位報告的階段了。

……是的，這部《不起眼女主角培育法》決定改編成動畫了。

一切都要感謝，一路支持著這種既深層又小眾的同人祕辛梗的各位。由衷感謝你們。

我想，在這本書的書腰或網路媒體可能早就做了許多介紹，不過光從製作公司及工作班底來看，陣容豪華得難免令人疑心：「究竟有多大的政治力在運作啊！」但腳本是由我自己下海，或許藉我的寒酸度就可以取得一些平衡了。

哎，既然自己有參與，腳本方面我會負起責任，對各界的批評嚴陣以待，在動畫製播之際還請多多指教。

就這樣，下次終於到第七集了。

這次我自覺已經撒下了許多紛亂的種子，到底那些伏筆會用什麼形式收攏，或者不會收攏，希望各位都能繼續關注「blessing software」（通稱：惠軟）將何去何從。

春天了。畢業的季節。離別的季節。同時也是開始的季節。

如此這般，故事來到了適合劃下一個段落的時刻……應該說，在這部作品的讀者中，我看見有好幾位都預測「大概下集就結束了吧」，因此就用這種方式跟著炒作了，不過實際情況如何請容我先賣個關子。畢竟，還要顧及動畫宣傳方面的（以下略）。

……好的，就在文章順利進入收尾時，從編輯那裡捎來了極為直白的聯絡：「下次出短篇集，請在動畫開播前幫忙爭取一些時間（微笑）。」所以第七集若能請各位多等候一會兒就太慶幸了。

那麼，最後照例要獻上謝詞。

深崎老師，我想自己將截稿日延後這麼久造成的餘波，接下來將會排山倒海地湧上，之後就拜託你了。

萩原先生，萬分感謝你讓我將截稿日延後這麼久。不過呢，這也要多虧你忽然就隨口交代了一句：「啊，我幫你敲定在DRAGON MAGAZINE上面連載了。」因此惠賜工作機會的你，其實也脫不了關……啊，沒事，我什麼也沒說。

那麼，請讓我們在下一集見面。

二〇一四年，初春（不是冬天就該交稿嗎？）

丸戸史明

Kadokawa Light Novels

我將在明日逝去，而妳將死而復生 1~2 待續

作者：藤まる　插畫：H_2SO_4

我跟那傢伙永遠只能背對著彼此，
人格轉換青春喜劇第二彈！

意外身亡的少女夢前光每隔一天就會占據我的身體，就這樣經過了大約三個月。我與這個超級天兵少女過著雙心同體生活，從唯一可以與她交流的交換日記上，得知了一件驚人的事實！我們的人格對調時間比平常提早了五分鐘，這意味夢前光的時間減少了……

各 **NT$200/HK$60**

Kadokawa Light Novels

我的校園生活才正要開始

岡本タクヤ

ill.のん

Kadokawa Fantastic Novels

我的校園生活才正要開始！

作者：岡本タクヤ　插畫：のん

「高橋社」的
校園支配計畫即將啟動……!?

在高二的某一天，黑心美少女佐藤找上了高橋，她為了當上學生會長而要求高橋善用他的才能暗中活動。高橋因此得到了一個為此特地成立的冒牌社團「高橋社」。高橋能否揮別黑暗的過去迎接光輝洋溢的校園生活？無關愛情與友情的失序校園喜劇就此展開！

NT$200/HK$60

國家圖書館出版品預行編目資料

不起眼女主角培育法 / 丸戶史明作 ; 鄭人彥譯.
-- 初版. -- 臺北市 : 臺灣角川, 2014.02-
冊 ; 公分.-- (Kadokawa fantastic novels)

譯自 : 冴えない彼女の育てかた
ISBN 978-986-325-794-3(第4冊 : 平裝). --
ISBN 978-986-325-927-5(第5冊 : 平裝). --
ISBN 978-986-366-168-9(第6冊 : 平裝)

861.57 102020374

Kadokawa
Fantastic
Novels

不起眼女主角培育法 6

（原著名：冴えない彼女（ヒロイン）の育てかた 6）

2014年10月23日 初版第1刷發行
2024年10月4日 初版第17刷發行

作　者：丸戸史明
插　畫：深崎暮人
譯　者：鄭人彥
發 行 人：台灣角川股份有限公司
總　監：呂慧君
總 編 輯：蔡佩芬、朱哲成
主　編：林秀儒
設計指導：陳晞叡
美術設計：吳佳昫
印　務：李明修（主任）、張加恩（主任）、張凱棋、潘尚琪

發 行 所：台灣角川股份有限公司
地　址：104台北市中山區松江路223號3樓
電　話：（02）2515-3000
傳　真：（02）2515-0033
網　址：www.kadokawa.com.tw
劃撥帳戶：台灣角川股份有限公司
劃撥帳號：19487412
法律顧問：有澤法律事務所
製　版：巨茂科技印刷有限公司
ISBN：978-986-366-168-9